Terence Einsiedel

Die Brüder

ein Lustspiel in fünf Akten

Terence Einsiedel

Die Brüder
ein Lustspiel in fünf Akten

ISBN/EAN: 9783744622462

Hergestellt in Europa, USA, Kanada, Australien, Japan

Cover: Foto ©Andreas Hilbeck / pixelio.de

Weitere Bücher finden Sie auf **www.hansebooks.com**

Die Brüder.

Ein Lustspiel in fünf Akten

von

Publius Terentius.

———∘∘⊰⊱∘∘———

Stuttgart.

Hoffmann'sche Verlags-Buchhandlung.

(Carl Hoffmann.)

1869.

Einleitung.

Zwischen demokratischem Geist und weltgiltiger Poesie besteht eine Wahlverwandtschaft und Wechselwirkung, welche sich als Bedingung nachweisen ließe; ganz ohne Frage, wenn von dramatischer Poesie die Rede ist, und nicht bloß durch das Beispiel zu stützen: Athen war um seine Bühne, als es um das Mark seiner Freiheit war. Schon durch Euripides gehen Spuren von Fäulniß und erzeugen jenen Wildgeschmack, dem die Huldigung der Feinkoster entgegenblüht, uneingedenk der Schwirrtöne von Aristophanes' Geißel:

> Welch Unheil schreibt sich von ihm nicht her!
> Er hat es bewirkt, daß unsere Stadt
> So dicht sich gefüllt mit Schreibergeschmeiß,
> Mit Volksäfflein und Schmarotzergezücht,
> Das niemals ruht zu betrügen das Volk.

Euripides starb 406 v. Chr. und als 322 Menander auftrat, der Großmeister des Haus= und Intriguenlustspiels, salbentriefender Hofpoet, Großkordon des Epikuräismus, da war die hellenische Au von dem Unkraut der macedonischen Unterjochungspolitik überwuchert, waren die Brunnen, aus denen die ächte Kunst quillt: Recht, Sitte, Freiheit, verschüttet und vergiftet. Auf dem entheiligten, von Thronräubern, Hofschranzen, Mätressen, Soldknechten und Blutsaugern jeden Gewerbs bevölkerten Boden erwuchs die neue attische Komödie der Menander, Philemon, Diphilos, mit ihrer poesielosen Entfremdung vom Weltgeist bei unübertroffner Technik, mit ihren uniformen Süjets holder Liederlichkeit, ihren stehenden Figuren des meineidigen Kupplers, brennenden Liebhabers, verschlagnen Bedienten, der intriguanten Liebhaberin, des Zuhälters, prahl=

hansigen Soldaten, gefräßigen Schmarotzers, der frechen Dirnen und mitessenden Verwandten. Auch diese Provinz des in Todeszuckung noch schöpferischen Geistes der Griechen, die Menanderkömödie, annektirten in der Folge die Römer (auch für uns) unter der Firma Plautus und Terenz. Von den Werken des drittberühmten römischen Menandrikers, des Cäcilius Statius, dem Cicero den Vorrang giebt, ist keines auf uns gekommen, so wenig als von dem hundertfältig fruchtbaren Menander selbst oder einem seiner griechischen Kunstverwandten.

Terenz hieß mit vollem Namen Publius Terentius Afer: Afer, der Afrikaner, von seiner Heimat Carthago; Terentius nach dem römischen Senator Terentius Lucanus, dessen Sklave er gewesen; Publius nach seinem Gönner Publius Cornelius Scipio. Ein Zusammenhang seines Lebens ist nicht ermittelt. Er soll im Jahr 194 v. Chr. geboren sein. In früher Jugend nach Rom verkauft, wurde er wegen seiner ausgezeichneten Fähigkeiten und übrigen Eigenschaften von seinem Herrn Senator lieb gewonnen, sorgfältig erzogen, auch bald freigelassen. Seine Bildung und Liebenswürdigkeit öffneten ihm die Kreise des römischen Adels, und er genoß den vertrauten Umgang des schon genannten Scipio und von dessen Freund Lälius. Daß diese Intimen auch an seinen dichterischen Arbeiten sich betheiligt, scheint man ihm nach unsrem Prolog, wo er sich solche Genossenschaft zur Ehre anrechnet, vorgeworfen zu haben; wie überhaupt seine bevorzugte Lebensstellung und der Beifall, mit dem seine Lustspiele, getragen von dem Talent des Schauspielers Ambivius Turpio, aufgenommen wurden, den literarischen Neid gegen ihn aufregten. Im Jahr 159 v. Chr., also im 35. seines Alters, verunglückte er auf einer Reise nach Griechenland in einem Seesturm.

Wir besitzen sechs Komödien von Terenz: Mädchen von Andros, Kastrat, Selbstquäler, Brüder, Hecyra, Phormio. Mehr hat er nicht geschrieben. Alle sind griechischen Originalen nachgebildet: Hecyra und Phormio nach Apollodor, die übrigen nach Menander. Julius Cäsar bezeichnete den Terenz als halben Menander. Wie gleichfalls unser Prolog andeutet, kopirte Terenz seine Vorbilder nicht schlechtweg, sondern machte Einfügungen von Scenen und Personen aus andern Komödien. Die Familienähnlichkeit seiner Stücke mit denen seines Vorgängers Plau=

tus (gest. 184 v. Chr.) bezieht sich auf die Stoffe und Motive; in Geist und Manier der Ausführung unterscheiden sich die beiden Dichter wesentlich. Plautus ist rasch, derb, keck, wild, erfinderisch, kernwitzig, humoristisch, gesalzen; Terenz ist zahm, glatt, zierlich, absichtlich, geleckt, vermittelnd, spruchweise, gemüthlich.

Die Brüder (Adelphi) sind von den Terenzischen Lustspielen das berühmteste, viel übersetzt, beurtheilt und nachgeahmt. Sie dürfen in jedem Betracht sein Meisterstück heißen. Die entgegengesetzten Erziehungs= maximen eines gestrengen Vaters und eines gelinden Onkels platzen auf einander, und Herb=Demea wird von Mild=Micio überwunden, ohne daß der Dichter für das eine der beiden Prinzipien entschieden Partei nähme. Er zieht sich schließlich mit ironischer Geberde hinter die Er= ziehungsresultate zurück. Wenn man die moralische oder vielmehr unmo= ralische Sphäre, in welcher sich diese Komödienfabeln sämmtlich bewegen, dem Dichter eingeräumt hat, so wird man sich seiner Kunst mit aller Befriedigung hingeben, ohne nach der Gandersheimer Nonne Hrosuitha zu schielen, welche am Ende des 10. Jahrhunderts, um den viel gelese= nen Terenz zu verdrängen, 6 lateinische Stücke in Prosa schrieb (Galli- canus, Dulcidius, Callimachus, Abraham, Pfaffnucius, Fides et Spes), Gesprächsauftritte, angeblich in der Weise des Terenz, aber die Liebes= händel durch kasteiliche Legenden ersetzt. Sie klagte, daß es unleugbar Katholiken in Menge gebe, welche, von dem Reiz der feineren Rede ver= führt, eitle Bücher der Heiden dem Nutzen religiöser Schriften vorziehen. Auch finde man Liebhaber frommer Lektüre, die zwar von den übrigen heidnischen Schriftstellern nichts wissen wollen, aber den Dichter Terenz beständig in Händen haben, und mit dem Honig seiner Verse das Gift von Schändlichkeiten einsaugen. Gut gesprochen, Hrosuith! Nur wuchs in deinem Garten, im Klostergarten, kein Ersatzkraut. Shakespeare war es vorbehalten, den heilkräftigen Balsam auszuspenden. — Neben Terenz wurde auch Plautus in Klöstern viel gelesen. Er soll ein Lieblingsbuch Martin Luthers gewesen sein. Der thüringer Mönch hat ja auch Pro= ben gegeben, wie seinen Fingerspitzen die Mehlsorte des congenialen um= brischen Müllerknechts behagte.

Die erste deutsche Uebersetzung eines Lustspiels von Terenz, des Ka=

ſtraten (Eunuchus), hat Hans Nydhart 1486 in Ulm drucken laſſen, unter dem Titel: „Ain maiſterlich vnd wohlgeſetzte Comedia, zeleſen vnd zehören, luſtig vnd kurtzwylig, die der hochgelert vnd groß Maiſter vnd poet Therencius gar ſubtile mit groſſer kunnſt vnd hochen flyß geſetzt hat, darin man lernet die gemüet aigenſchafft vnd ſitten des gemeinen Volks erkennen. Darumb ain yeder, ſo durch leſen oder hören daß wiſſen empfachet, ſich deſter baß vor aller betrügniß der böſen Menſchen mag hütten vnd wiſſen zebewaren." Von demſelben Stück hat auch Hans Sachs Gebrauch gemacht in ſeiner „Schönen Comödi Terentij, deß Poeten, vor ſiebzehn hundert Jaren beſchriben, von der Buhlerin Thaias, vnd jhren zweyen Buhlen, dem Ritter Thraſo vnd Phädria."

Im December 1795 ſchrieb Schiller an Goethe: „Sie ſprachen von einer ſo großen Theurung in der Theaterwelt. Iſt Ihnen nicht ſchon der Gedanke gekommen, ein Stück von Terenz für die neue Bühne zu verſuchen? Die Adelphi hat ein gewiſſer Romanus ſchon vor 30 Jahren gut bearbeitet, wenigſtens nach Leſſings Zeugniß. Es wäre doch in der That des Verſuchs werth. Seit einiger Zeit leſe ich wieder in den alten Lateinern, und der Terenz iſt mir zuerſt in die Hände gefallen. Ich überſetzte meiner Frau die Adelphi aus dem Stegreif, und das große Intereſſe, das wir daran genommen, läßt mich eine gute Wirkung er- warten. Gerade dieſes Stück hat eine herrliche Wahrheit und Natur, viel Leben im Gange, ſchnell decidirte und ſcharf beſtimmte Charaktere, und durchaus einen angenehmen Humor." Goethe ließ dieſe Mahnung nicht auf die Erde fallen. Am 24. Oktober 1801 wurden die Terenz'- ſchen Brüder, von Einſiedel bearbeitet, mit Anwendung römiſcher Geſichts- masken in Weimar aufgeführt, wobei nach Goethe's Ausdruck die Erfah- rung zu machen war, daß ſich das Publikum an einer derben, charakte- riſtiſchen, ſinnlich künſtlichen Darſtellung erfreuen könne.

Nach einer Ueberlieferung aus zweiter Hand waren die Terenz'ſchen Brüder ein Programmſtück der Leichenſpiele, welche von den unſrem Dich- ter befreundeten Söhnen des L. Aemilius Paulus, Ueberwinders des Macedonierkönigs Perſeus in der Mordſchlacht bei Pydna, zu Ehren ihres verſtorbnen Vaters 168 v. Chr. veranſtaltet wurden.

Personen.

Micio, } Brüder.
Demea,

Aeschinus, } Söhne Demea's.
Ctesipho,

Syrus,
Parmeno, } Sklaven des Micio.
Dromo,

Sannio, ein Sklavenhändler.
Sostrata, eine Wittwe.
Pamphila, ihre Tochter.
Canthara, ihre Amme.
Geta, ihr Sklave.
Hegio, ihr Verwandter.
Eine Citherspielerin.

———

Prolog.

Weil der Poet bemerkt hat, es wird seinen
Arbeiten von Unbill'gen aufgepaßt,
Und Widersacher möchten gern das Stück
Herunterreißen, das jetzt spielen soll:
Will er vor euern Richterstuhl sich stellen,
Ob Lob, ob Tadel dieß sein Thun verdient.
„Synapothneskontes" giebt es ein Stück
Von Diphilus; „Commorientes" hat
Es Plautus übersetzt. Im Griechischen
Tritt gleich von vorn herein ein Jüngling auf,
Der einem Kuppler eine Dirn' entreißt.
Die Stelle blieb von Plautus unberührt;
Der Unsre nahm sie in die Brüder Wort
Für Wort herüber, und dieß neue Stück
Sind wir zu spielen im Begriff. Entscheidet,
Ob hier ein Diebstahl anzunehmen, oder
Ob man nur nachgeholt die unbeachtet
Gelassne Stelle. Denn was ebendie
Böswilligen behaupten, daß ihm Männer
Von Rang beistünden und zugleich mit ihm
Gar fleißig schrieben: dies, was ihnen gilt
Als arger Schimpf, hält der für's größte Lob,
Da Jenen er gefällt, die euch gesammt .
Gefallen und dem Volk, von deren Hilfe
Im Krieg, im Frieden, im Geschäft Jedweder,
Wo's paßte, unbedenklich Nutzen zog.
Erwartet nicht des Stückes Inhalt weiter!
Die Alten, die zuerst auftreten, werden
Zum Theil ihn offenbaren, theils ergiebt er
Sich aus der Handlung selbst. Macht, daß Geneigtheit
Des Dichters Fleiß ermuntre, mehr zu schreiben!

Erster Akt.

Erster Auftritt.

Micio
(ins Haus rufend).

Storax! — Er ist heut Nacht vom
　　Schmause nicht
Zurückgekommen — Aeschinus, noch
　　auch
Der Sklaven einer, die ihn holen
　　sollten.
Ja, wahr ist was man sagt: bist
　　du vom Hause
Einmal abwesend oder bleibst wo
　　aus,
So ist es besser, dir begegnet, was
Die Frau in ihrem Unmuth gegen
　　dich
Sagt oder bei sich denkt, als was
　　die Aeltern
Aus Zärtlichkeit. Die Frau, wenn
　　du einmal
Wo ausbleibst, denkt, du liebst —
　　du wirst geliebt —
Du zechst — gehst dem Vergnügen
　　nach und lässest
Dir wohl sein, während sie im
　　Elend sitzt;
Ich, weil der Sohn nicht heimkam,
　　was denk' ich,
Und was für Dinge machen mir
　　jetzt Sorge!
Er möchte sich erkältet, möchte wo
'nen bösen Fall gethan, möcht' ir=
　　gendwas
Gebrochen haben. — Bah! Daß
　　doch ein Mensch
Etwas in's Herz faßt oder an sich
　　nimmt,
Was theurer ihm als er sich selber
　　ist!
Und doch ist er mein eigner Sohn
　　nicht, nein
Des Bruders Sohn; und der ist
　　von Charakter
Mir völlig ungleich. Seit den
　　Jünglingsjahren
Hab' ich mich diesem stillbehaglichen
Stadtleben hingegeben, und was
　　Andre
Für Glück anseh'n, ein Weib besaß
　　ich nie,
Er, g'rad' das Gegentheil in Allem,
　　brachte
Sein Leben auf dem Lande zu, war
　　karg
Und hart stets gegen sich, heirathete,
Bekam zwei Söhne, deren einen ich,
Den älteren, an Kindesstatt ge=
　　wählt.
Von klein auf hab' ich ihn erzogen,
　　ihn

Gehalten und geliebt, als wär' er
    mein.
Er ist mein Liebling, meine einz'ge
    Freude.
Daß er mir gleichergeben sei, da=
    rauf
Verwend' ich allen Fleiß: ich gebe
    her,
Ich lasse Manches durch, mir scheint
    nicht nöthig
Nach meinem Recht in Allem zu
    verfahren.
Und endlich hab' ich meinen Sohn
    gewöhnt,
Daß er mir nicht, was Andre hin=
    term Rücken
Des Vaters thun, was Jugend mit
    sich bringt,
Verheimliche. Denn wer an Lug
    und Trug
Gewöhnt ist, wird's bei seinem Va=
    ter wagen,
Er wird's bei Andern wagen noch
    viel mehr.
Durch Ehrgefühl und Milde, glaub'
    ich, kann
Man Kinder besser ziehen, als durch
    Furcht.
Das will nun meinem Bruder gar
    nicht ein.
Oft überläuft er mich und schreit:
    „was machst
Du, Micio? Warum verderbst du
    uns
Den Jungen? Warum buhlt er?
    Warum zecht er?
Warum giebst du zu solchen Dingen
    Geld?
Du hältst ihn in der Kleidung viel
    zu gut,

Bist viel zu unverständig!" Er da=
    gegen
Ist viel zu hart, ist's mehr als recht
    und billig.
Und der irrt sich gewaltig, wie ich
    meine,
Wer glaubt, die Herrschaft sei von
    längerem
Bestand und größerm Nachdruck, die
    auf Zwang,
Als jene, die auf Zuneigung be=
    ruht.
Mein Grundsatz, meine Ueberzeu=
    gung ist:
Wer seine Pflicht aus Furcht vor
    Strafe thut,
Nimmt sich so lang zusammen, als
    er glaubt,
Die Sache werd' entdeckt; hofft er,
    sie werde
Geheim sein, kommt er auf die al=
    ten Sprünge.
Wen du durch Wohlthat dir ver=
    bindest, der
Thut recht aus innerm Trieb; be=
    strebt sich, Gleiches
Mit Gleichem zu erwidern! gegen=
    wärtig,
Abwesend, ist er stets Ein= und Der=
    selbe.
Ein Vater soll den Sohn gewöhnen,
    lieber
Von selbst das Rechte, denn aus
    Furcht zu thun.
Das ist der Unterschied von Herr
    und Vater.
Wer das nicht kann, der mag nur
    gleich bekennen,
Daß er auf Kinderzucht sich nicht
    versteht. —

Doch ist er das nicht selbst, von
dem ich sprach?
Ja, ja, er ist's! — Er sieht so
finster aus.
Was gilt's, er wird gleich zanken
wie gewöhnlich.

Zweiter Auftritt.

(Micio. Demea.)

Micio.
Es freut mich, Demea, dich wohl
zu seh'n!

Demea.
Ah, recht! Dich eben such' ich!

Micio.
Was so finster?

Demea.
Du fragst noch? Ist denn Aeschinus nicht unser?

Micio (für sich).
Sagt' ich es nicht, so käm's? —
Was that er?

Demea.
Was
Er that, der sich nicht schämt, vor
Niemand fürchtet,
An kein Gesetz sich bindet! Denn,
was früher
Gescheh'n, das rech'n ich nicht. Was
hat er aber
So eben angerichtet!

Micio.
Nun, was ist's?

Demea.
'ne Thür zerschlagen und ein frem-
des Haus

Gestürmt; den Herrn, die ganze
Dienerschaft
Bis auf den Tod geprügelt; eine
Dirne,
In die er sich verliebt hat, 'raus-
gerissen!
Abscheulich sei's, ein schändlich Bu-
benstück,
Schreit alle Welt. Wie viele sag-
ten mir's,
Wie ich hieher kam, Micio! Die
Stadt
Ist voll davon. Und kurz, soll ich
ein Beispiel
Aufstellen: sieht er seinen Bruder
nicht
Der Arbeit eifrig pflegen, auf dem
Gute
Sparsam und eingezogen leben?
Der
Hat so was nie gethan! — Sag'
ich das jenem,
So sag' ich dir es, Micio. Du
bist's,
Der jenen ruinirt.

Micio.
Unbilligers
Giebt's nichts, als einen unerfahrnen
Mann,
Der nur für recht hält, was er selbst
gethan.

Demea.
Was soll das heißen?

Micio.
Daß du, Demea,
Die Sache falsch beurtheilst. Glaube
mir,
's ist keine Sünde, wenn ein junger Bursch

Buhlt oder zecht — nein! — oder eine Thür
Zerschlägt. Hab' ich, hast du das nicht gethan,
So hat uns Armuth d'ran gehindert. Rechnest
Du jetzt es dir zum Lob an, was du damals
Aus Mangel nicht gethan hast? Sehr mit Unrecht!
Denn hätt' es nicht an Geld gefehlt, wir thaten's.
Und wärest du ein Mensch, du ließest Deinen
Viel lieber jetzt gewähren, wo die Jugend
Es ihm erlaubt, als daß, wenn er nach langem
Zuwarten endlich dich hinausgeschafft,
Er's doch noch thät' in ungehör'germ Alter.

Demea.

Beim Jupiter! Du machst mich rasend, Mensch!
's ist keine Sünde, wenn ein junger Bursch
Dergleichen thut?

Micio.

Merk' auf, daß du nicht ewig
Mit dieser Leier mir das Ohr betäubst!
Du hast mir deinen Sohn an Kindesstatt
Gegeben, Demea: er ist nun mein.
Fehlt er, so fehlt er mir; ich muß zumeist
Den Schaden tragen. Bankettirt er? Zecht er?

Riecht er nach Salben? 's geht von Meinem. Buhlt er?
Ich geb' das Geld, so lange mir's bequem ist.
Ist's nicht mehr, sperrt man ihn vielleicht hinaus.
Schlug er 'ne Thür entzwei? Man stellt sie her.
Zerriß er ein Gewand? Man bessert's aus.
Es fehlt dazu, Gottlob, an Mitteln nicht,
Und noch ist mir's nicht lästig. Kurz und gut,
Hör' endlich auf! Wo nicht, entscheid' ein Dritter!
Daß du hier mehr fehlst, werd' ich zeigen.

Demea.

Ach!
Lern' Vater sein von denen, die es sind!

Micio.

Du bist sein Vater leiblich, geistig ich.

Demea.

Das merkt man an des Burschen Geist.

Micio.

Wenn du
So fortfährst, hast du mich geseh'n.

Demea.

So machst du's?

Micio.

Soll ich so oft Ein= und Dasselbe hören?

Demea.

Ich bin besorgt um ihn.

Micio.

Auch ich bin's. Aber

Für sein Theil sorg' ein Jeder,
  Demea:
Du für den Einen, ich den Andern;
  denn
Zugleich für beide sorgen, heißt ja
  fast
Den wieder fordern, den du gabst.
        Demea.
              Ach, Micio!
      Micio.
Mir kommt's so vor.
        Demea.
      Nun, wenn es dir gefällt —
Verschwend' er, praß' er, sterb' er
  und verderb' er!
Ich frage nichts darnach. Wenn ich
  in Zukunft
Ein einzig Wort —
        Micio.
        Schon wieder, Demea,
In Zorn?
        Demea.
        Glaubst du mir nicht?
Fordr' ich zurück,
Den ich dir gab? — Das schmerzt!
  — Ich bin kein Fremder! —
Wenn ich entgegentrete — nun, ich
  schweige! —
Für Einen soll ich sorgen? — Gut,
  ich thu's!
Und Dank den Göttern, da er ist,
  wie ich
Ihn will! Dein Bürschchen wird's
  einmal noch fühlen.
Ich mag nichts Schlimmres sagen
  gegen ihn.   (Ab.)

——————

Dritter Auftritt.

      Micio.
Es ist was d'ran, wenn auch nicht
  Alles so
Wie er's da sagt.   Doch etwas lä=
  stig ist
Mir die Geschichte immerhin. Allein
Ihm zeigen, daß mich's schmerzt,
  das wollt' ich nicht.
Denn er ist so: will ich ihn ruhig
  haben,
Halt' ich brav Widerpart und schreck'
  ihn ein;
Und so auch faßt er sich kaum
  menschlich; aber
Vermehrt' ich seinen Zorn, bestärkt'
  ich ihn
Noch gar, dann wär' ich wahrlich
  mit ihm toll. —
Gleichwohl thut Aeschinus in diesem
  Punkt
Uns etwas weh.   Wo ist die Dirne,
  die
Er nicht geliebt? der er nicht was
  geschenkt?
Jüngst erst — er hatte, mein' ich,
  alle satt —
Sagt' er, er habe Lust ein Weib
  zu nehmen.
Schon hofft' ich, daß die Jugend
  ausgebraust:
Das freute mich.   Nun geht's von
  Neuem los! —
Doch, was es sei, ich will es wis=
  sen, und
Den Burschen sprechen, wenn er
  auf dem Markt ist.   (Ab.)

~~~~~~

Zweiter Akt.

Erster Auftritt.

(Sannio. Aeschinus mit Parmeno und einer Lautenspielerin).

Sannio.

Ihr Leute, helft! Ach helft mir ar=
men, mir
Unschuld'gen Mann! Springt in der
Noth mir bei!

Aeschinus
(zu der Lautenspielerin).

Nur ruhig! Hier bleib' steh'n! Was
schaust du um?
Gefahr ist nicht. So lang ich hier
bin, rührt
Dich der nicht an.

Sannio.

Trotz aller Welt will ich —

Aeschinus.

So frech er ist, riskirt er heute nicht
Zum zweitenmale Prügel zu bekom=
men.

Sannio.

Hör', Aeschinus! daß du nicht etwa
sagst,
Du habest mein Gewerbe nicht ge=
kannt:
Ein Kuppler bin ich.

Aeschinus.

Weiß es.

Sannio.

Aber treu
Und zuverlässig, wie's je einen gab.
Willst du dich hinterher etwa ent=
schuld'gen,
Es sei dir leid, daß man so schmäh=
lich mich

Behandelt habe, acht' ich's so viel
nicht.
Verlaß dich d'rauf, mein Recht werd'
ich verfolgen.
Mit Worten sollst du nimmermehr
bezahlen,
Was du verschuldet durch die That.
Ich kenne
So eure Art: „Es thut mir leid;
ich will
D'rauf schwören, daß du der ver=
übten Schmach
Unwürdig bist!" So heißt's, wenn
man unwürd'ge
Behandlung hat erfahren.

Aeschinus (zu Parmeno).

Rasch voran,
Und mach' die Thür auf!

Sannio.

Halt! Das geht nicht so.

Aeschinus
(zu der Lautenspielerin).

Jetzt nur hinein!

Sannio.

Das leid' ich nicht!

Aeschinus.

Tritt dahin, Parmeno! Du bist zu
weit
Davon. Hier stell' dich neben ihn!
— So recht!
Verwende jetzt kein Auge von den
meinen,
Daß auf den ersten Augenwink so=
fort
Ihm deine Faust auf seinen Backen
sitze.

Sannio.

Das will ich doch 'mal sehen!

Aeschinus (zu Parmeno).

He, gieb Acht!

(Zu Sannio.) Das Mädchen losge-
laſſen! (Parmeno ſchlägt.)

Sannio.

O der Schande!

Aeſchinus.

Es ſetzt noch mehr ab, wenn du
dich nicht hüteſt.

(Parmeno ſchlägt wieder.)

Sannio.

Au weh!

Aeſchinus.

Ich hatte nicht gewinkt; doch beſſer
Du thuſt ein Uebriges in dieſem
Stück.
Jetzt geh' einmal!

(Parmeno mit der Lautenſpielerin ab
in Micio's Haus.)

———

Zweiter Auftritt.

(Aeſchinus. Sannio.)

Sannio.

Was ſoll das? Führſt denn du
Das Regiment hier, Aeſchinus?

Aeſchinus.

Führt' ich's,
So ſollteſt du belohnt ſein nach Ver-
dienſt.

Sannio.

Was haſt du nur mit mir zu
ſchaffen?

Aeſchinus.

Nichts.

Sannio.

Wie? Weißt du, wer ich bin?

Aeſchinus.

Iſt nicht vonnöthen.

Sannio.

Hab' ich was angerührt von dir?

Aeſchinus.

Hätt'ſt du's
Gethan, bekäm' bir's übel!

Sannio.

Wie haſt du
Mehr Anſpruch an die Meine, die
mein Geld
Mich koſtet? Sprich!

Aeſchinus.

Gerathen dürft' es ſein,
Hier vor dem Haus den Lärmen
einzuſtellen.
Denn fällſt du länger mir zur Laſt,
ſo werd' ich
Hinein dich ſchleppen und mit Rie-
men dort
Bis auf den Tod durchpeitſchen
laſſen.

Sannio.

Peitſchen?
Mich, einen Freien?

Aeſchinus.

Ja gewiß!

Sannio.

Der Schändliche!
Hier ſoll für Alle gleiche Freiheit
ſein?

Aeſchinus.

Haſt du dich, Kuppler, nun recht
ausgetobt,
So höre, wenn's beliebt!

Sannio.

Wer ausgetobt?
Ich oder du?

Aeſchinus.

Nun, laß das! Komm zur Sache!

Sannio.

Zur Sache? Welche meinſt du?

Aeschinus.

Soll ich dir
Von dem jetzt sprechen, was dich
    anbelangt?

Sannio.

Das wünsch' ich; nur was Billi-
    ges!

Aeschinus.

Ei sieh!
Ein Kuppler räth mir, nichts
    Unbilliges
Zu sagen!

Sannio.

Ich gesteh's, ein Kuppler bin ich,
Ich bin des jungen Volks gemein-
    sames
Verderben, bin meineidig, eine Pest;
Doch that ich dir noch nie ein Un-
    recht an.

Aeschinus.

Das fehlte noch, wahrhaftig!

Sannio.

Komm zurück
Auf das, wovon du ausgiengst,
    Aeschinus!

Aeschinus.

Du hast um zwanzig Minen sie ge-
    kauft —
Daß dich die Pest! — Die sollst
    du wieder haben.

Sannio.

Wie? Wenn ich nun sie nicht ver-
    kaufen will,
Wirst du mich zwingen?

Aeschinus.

Im Geringsten nicht.

Sannio.

Fast mußt' ich's fürchten.

Aeschinus.

Auch bin ich der Meinung,
Daß sie, als Freigeborene, verkauft
Nicht werden darf; denn vor Gericht
    erheb' ich
In aller Form Anspruch auf ihre
    Freiheit,
Jetzt siehe, was du willst: ob Geld
    annehmen,
Ob zum Prozeß dich rüsten. Das
    erwäge,
Bis ich zurück bin, Kuppler! (Ab.)

———

Dritter Auftritt.

Sannio.

Großer Gott!
Mich wundert keineswegs, daß Manche
    durch
Erlittnes Unrecht den Verstand ver-
    lieren.
Aus meinem Hause riß er mich
    heraus,
Zerbläute mich, entführte mit Gewalt
Das Mädchen mir; Faustschläge
    donnerten
Mehr als fünfhundert mir in's
    Angesicht,
Mir Armen! Jetzt, für solche Miß-
    handlungen,
Verlangt er um den Kaufpreis die
    Gekaufte! —
Wahr ist's, er ließ was d'raufgeh'n!
    Sei es d'rum!
Sein Recht verlangt er: gut, ich
    bin bereit,
Wenn er nur zahlt! Doch seh' ich,
    wie das kommt:
Sag' ich, ich lasse sie um diesen
    Preis,

Gleich wird er Zeugen nehmen,
daß sie ihm
Verkauft sei. Mit dem Gelde —
gute Nacht!
Da heißt es: „Nächstens! Morgen
komme wieder!"
Auch das kann ich ertragen, zahlt
er nur.
Recht ist es gleichwohl nicht. Indeß
ich nehme
Die Sache, wie sie liegt. Hat man
einmal
So ein Gewerb' ergriffen, hilft es
nichts,
Man muß des jungen Volks Belei=
digungen
Hinnehmen und verbeißen. Aber
zahlen
Wird Niemand, und — ich rechne
ohne Wirth.

Vierter Auftritt.

(Syrus. Sannio.)

Syrus (zu Aeschinus in's Haus hin=
einredend.)
Still! Ich will mit ihm sprechen.
Gierig soll
Er darnach greifen und von Glück
noch sagen,
Daß er so weggekommen. — Sannio,
Was giebt's? Du habest dich gestrit=
ten, hör' ich,
Mit meinem Herrn, ich weiß nicht
über was.
      Sannio.
Nie sah ich einen Streit ungleichrer
Art,
Als den heut unter uns. Wir
beide sind,
Durch Prügel ich, durch Prügeln
er, ganz matt.
      Syrus.
's ist deine Schuld.
      Sannio.
   Was sollt' ich thun?
      Syrus.
          Nachgeben
Dem jungen Mann.
      Sannio.
   Wie konnt' ich's besser wohl,
Als daß ich heut in Einem fort
den Backen
Ihm hinhielt?
      Syrus.
   Ei, verstehst du, was ich sage?
Sein Geld zur rechten Zeit nicht
anseh'n, ist
Manchmal der größte Vortheil.
      Sannio.
        Ho!
      Syrus.
        Hast du
Gefürchtet, wenn du jetzt von deinem
Recht
Was fahren ließest und dem jungen
Mann
Zu Willen wärst, du Pinsel aller
Pinsel,
Das trüg' dir keine Zinsen?
      Sannio.
      Hoffnung kauf' ich
Um Geld nicht.
      Syrus.
   So bringst du's zu nichts. Geh',
geh'!
Du weißt die Leute nicht zu ködern,
Sannio.

Sannio.

Ich glaub's, das wäre besser; doch ich bin
So pfiffig nie gewesen, um nicht lieber
Gleich baar mit fortzunehmen, was ich konnte.

Syrus.

Geh' doch! Ich kenne dich. Als läge dir
An zwanzig Minen was, wenn du dich ihm
Nur kannst gefällig zeigen! — Ueberdieß,
Du willst nach Cypern, hör' ich —

Sannio.

Hm!

Syrus.

Hast Waaren
Brav eingekauft, um sie dort abzu=setzen;
Ein Schiff ist schon gemiethet, wie ich weiß —
Du schwankst? — Bist du, ich hoff's, von dort zurück,
Kannst du's ja immer noch betreiben.

Sannio (für sich).

Nein,
Nicht Fußbreit weich' ich! — Weh mir! Darauf haben
Sie ihren Plan gebaut!

Syrus (bei Seite).

Es wird ihm bang.
Daran hat er zu kau'n!

Sannio (für sich).

Die Schändlichen!
Sieh, wie sich der den Zeitpunkt abgelauert!
Ich habe Mädchen eingekauft die Menge

Und Andres noch, was fort nach Cypern soll.
Komm' ich zum Markte nicht dahin, so ist's
Mein offenbarster Schaden. Laß ich's jetzt,
Und mach's erst ab, wenn ich zurücke bin,
So ist's vorbei; das Eisen ist erkaltet.
„Jetzt kommst du erst? — Was littest du's? — Wo warst du?"
D'rum besser, eingebüßt, als hier entweder
So lang zu weilen, oder dann zu klagen.

Syrus.

Hast du bald ausgerechnet, was du glaubst
Zu profitiren?

Sannio.

Schickt sich das für ihn?
Das sollte Aeschinus sich beigeh'n lassen,
Gewaltsam mir das Mädchen zu entreißen?

Syrus.

Er wankt! — Eins hab' ich noch: sieh, ob dir's ansteht!
Eh' du riskirest, Sannio, das Ganze
Dir zu erhalten oder zu verlieren,
Halbir's! Zehn Minen kratzt er irgendwo
Zusammen.

Sannio.

Weh mir! Selbst des Capitals
Bin ich nicht sicher mehr, ich armer Mann!
Er schämt sich nicht; mir wackeln alle Zähne,

Mein ganzer Kopf ist eine einz'ge Beule,
So hat er mich zerknufft! Nun möcht'
    er mich
Auch noch betrügen? Nein, nicht von
    der Stelle!

Syrus.

Ganz nach Belieben! Hast du sonst
    noch was?

Sannio.

Nein darum bitt' ich, Syrus —
    das Gescheh'ne
Mag sein wie's will — eh' ich
    Prozeß anfange,
Daß mir das Mein'ge doch erstattet
    werde,
Der Kaufpreis wenigstens.   Ich
    weiß, bisher
Hast du von meiner Freundschaft
    keine Probe:
Erkenntlich sollst du mich und dankbar
    finden.

Syrus.

Ich will mein Bestes thun. — Doch
    sieh, da kommt
Ja Ctesipho! Er freut sich der Ge=
    liebten.
    (Geht dem Ctesipho entgegen.)
        Sannio (nachrufend).
Und das, warum ich bat?

Syrus.

    Wart' nur ein Weilchen!

————

Fünfter Auftritt.

(Ctesipho. Syrus. Sannio.)

Ctesipho
(ohne die Andern zu bemerken).

Wer immer auch, im Fall der Noth,
    uns Gutes

Erzeigt, es kommt erfreulich; aber
    doppelt
Vergnügen macht's, wenn der's
    thut, dem's gebührt.
O Bruder, Bruder!   Wie soll ich
    dich preisen?
Das weiß ich sicher, so erhaben
    find' ich
Kein Wort, daß dein Verdienst nicht
    höher stünde.
So glaub' ich denn vor Andern
    dieses Eine
Voraus zu haben, daß kein Einzi=
    ger
Sich eines so mit allen Tugenden
Begabten Bruders freut.

Syrus.

        O Ctesipho!

Ctesipho.

O Syrus! Wo ist Aeschinus?

Syrus.

            Da drin.
Er harret deiner.

Ctesipho.
        Ha!

Syrus.
        Was giebt es?

Ctesipho.
            Was?
Durch sein Bemüh'n nur, Syrus,
    leb' ich auf.
Der liebe Mensch! Ja Alles hat er,
    Alles
Um meines Vortheils will'n hintan=
    gesetzt,
Schmähreden, bösen Leumund, meine
    Liebe
Und ein Vergehen über sich genom=
    men:

Man kann nicht mehr thun! —
Doch wer ist's? Die Thür
Geht auf.

Syrus.
Bleib', bleib'! Er kommt schon
selbst heraus.

————

Sechster Auftritt.

(Aeschinus. Sannio. Ctesipho.
Syrus.)

Aeschinus.
Wo ist der Schuft?
Sannio (für sich).
Mich sucht er. Bringt er was?
O weh! Ich sehe nichts.
Aeschinus (zu Ctesipho).
Ah g'rade recht!
Dich eben such' ich! Was giebt's,
Ctesipho?
's ist Alles sicher. Laß d'rum deine
Grillen!
Ctesipho.
Gewiß, ich lasse sie, da ich ja dich
Zum Bruder habe. — O mein
Aeschinus,
Mein Herzensbruder! Ach, ich scheue
mich,
Dich weiter noch in's Angesicht zu
loben,
Daß du nicht glaubest, es geschehe
mehr
Um Schmeichelns willen, denn aus
Dankbarkeit.
Aeschinus.
Geh', närr'scher Kauz! Als ob wir
uns nicht jetzt

Einander besser kennten, Ctesipho!
Das schmerzt mich nur, daß wir
beinah' zu spät
Dahinter kamen und es nahe d'ran
war,
Daß, wünschten wir's auch Alle,
keiner dir
Mehr helfen konnt'.
Ctesipho.
Ich schämte mich.
Aeschinus.
Ach, Thorheit,
Nicht Scham ist das! Um so 'ne
Kleinigkeit
Fast aus dem Vaterland! O pfui
doch! Mögen
Vor so etwas die Götter uns be-
wahren!
Ctesipho.
Ich hab' gefehlt. —
Aeschinus.
Was sagt Herr Sannio?
Syrus.
Er ist schon zahm.
Aeschinus.
Ich will zum Markt, mit dem
Mich abzufinden. Du, mein Ctesipho,
Hinein zu ihr! (Ctesipho ab.)
Sannio (leise).
Treib', Syrus!
Syrus.
Laß uns geh'n,
Denn dieser eilt nach Cypern!
Sannio.
Nicht so sehr.
Ich kann recht gut in aller Ruh'
hier warten.
Syrus.
Du kriegst's, sei unbesorgt!

Sannio.

Doch aber Alles?

Syrus.

Ja Alles! Schweige nur und folge
nach!

Sannio.

Ich folge.

(Aeschinus und Sannio ab.)

Ctesipho (kommt zurück).

Heda, Syrus!

Syrus.

Nun, was giebt's?

Ctesipho.

Ich bitte dich um Alles, fertigt nur
Den schmutz'gen Kerl so bald wie
möglich ab;
Denn wird er stärker aufgereizt, so
möchte
Mein Vater Wind bekommen, und
ich wäre
Verloren dann auf immer.

Syrus.

's hat nicht Noth.
Sei gutes Muths! Erlust'ge dich
einstweilen
Mit deinem Mädchen drin! Laß für
uns Polster
Auflegen und das Uebrige bereiten!
Nach abgemachtem Handel werd' ich
mich
Gleich heim verfügen mit dem Speise=
vorrath.

Ctesipho.

So recht! Weil dieß geglückt ist,
wollen wir
In aller Heiterkeit den Tag ver=
bringen.

———

Dritter Akt.

Erster Auftritt.

(Sostrata. Canthara.)

Sostrata.

Ach bitte, liebste Amme, wie wird's
geh'n?

Canthara.

Wie's gehen wird? Ich hoffe, gut.

Sostrata.

Es stellen
So eben sich die ersten Wehen ein.

Canthara.

Du bist schon jetzt in Angst, als
wärst du nie
Dabei gewesen, hättest nie geboren!

Sostrata.

Ich Arme! Keine Seele hab' ich hier,
Wir sind allein. Auch Geta ist
nicht da.
Ich habe Niemand, der zur Wehfrau
gienge,
Und Niemand, der den Aeschinus
beriefe.

Canthara.

Der wird gewiß bald hier sein,
denn er läßt
Nie einen Tag vorbei, hier vorzu=
sprechen.

Sostrata.

Er ist mein einz'ger Trost in meinem
Elend.

Canthara.

Zu deiner Tochter Vortheil konnte
sich's
Nicht besser fügen, Herrin, als es sich
Gefügt hat — da sie doch einmal
zu Fall

Gekommen ist; — besonders in so
fern
Es ihn betrifft, der von so guter
Art,
So gutem Herzen und so angeseh'ner
Familie ist.

Sostrata.

Gewiß, da hast du Recht.
Die Götter mögen ihn uns lang
erhalten!

———

Zweiter Auftritt.

(Geta. Sostrata. Canthara.)

Geta
(kommt gelaufen, für sich).

Nun ist es so weit, daß, wenn sie
auch Alle
All' ihren Rath vereinigten und Ret=
tung
Aus diesem Unglück suchten, welches
mich
Und meine Herrin sammt der Herrin
Tochter
Bedroht, sie dennoch keine Hilfe
brächten.
O wehe mir! So viel schaart plötz=
lich sich
Um uns herum, daß kein Entkom=
men ist:
Gewaltthat, Armuth, Ungerechtigkeit,
Verlassenheit und Schande. Welt,
ach Welt!
O Greuelthaten! O verruchte Brut!
O gottvergessner Bube!

Sostrata (zu Canthara).
Weh mir Armen!

Was seh' ich doch den Geta so in
Angst
Und Eile!

Geta.

— welchen weder Wort, noch
Schwur,
Noch Mitleid abhielt oder anders
stimmte,
Noch selbst die nahe Niederkunft des
Mädchens,
An dem er mit Gewalt sich hat
vergangen!

Sostrata.
Was er da spricht, versteh' ich nicht
so recht.

Canthara.
Komm, laß uns näher treten,
Sostrata!

Geta.
Ich Armer, ach! Kaum bin ich
meiner mächtig,
So brennt's vor Zorn in mir.
Nichts wollt' ich lieber,
Als jene ganze Sippschaft käme mir
In Wurf, um all den Ingrimm
auszuspeien
In ihr Gesicht, so lang' der Aerger
frisch ist.
Ich hätte g'nug der Strafe, könnt'
ich nur
An ihnen Rache nehmen. Ihm
zuerst,
Dem Alten, der das Scheusal zeugte,
blies' ich
Das Lebenslicht rein aus; den
Syrus aber —
Ha, den Verstifter, wie zerfetzt' ich
den!
Ihn um den Leib ergriff' ich, hielt'
ihn schwebend,

Und stieß' ihn köpflings nieder auf
    den Boden,
Daß er mit seinem Hirn die Gasse
    spritzte.
Dem jungen Fant riss' ich die Augen
    aus
Und schmiss' ihn dann hinab. Die
    Uebrigen
Die würf' ich, wälzt' ich, schleppt' ich,
    stieß' und stürzt' ich. —
Doch jetzt soll ohne Zögern meine
    Herrin
Dieß Unglück wissen.

       Sostrata.
       Rufen wir ihn! — Geta!

       Geta.
Wer du auch sein magst, laß mich!

       Sostrata.
           Ich bin es,
Bin Sostrata!

       Geta.
   Wo ist sie? — Dich ja such' ich,
Nach dir verlang' ich! G'rade recht
    bist du
Mir aufgestoßen, Herrin!

       Sostrata.
       Was so ängstlich?
Was giebt's?

       Geta.
     O weh!

       Sostrata.
    Was eilst du so, mein Geta?
Komm erst zu Athem!

       Geta.
         Ganz —

       Sostrata.
       Was soll das „ganz"?

       Geta.
Verloren sind wir! 's ist vorbei!

       Sostrata.
         So sag',
Ich bitte, was es ist!

       Geta.
       Nun —

       Sostrata.
       Was denn „nun"?

       Geta.
Ist Aeschinus —

       Sostrata.
    Was ist denn der?

       Geta.
          Von unsrer
Familie abgefallen.

       Sostrata.
      Weh! Weßwegen?

       Geta.
In eine Andre hat er sich verliebt.

       Sostrata.
O weh!

       Geta.
  Und hält es nicht geheim. Dem
    Kuppler
Hat er sie öffentlich mit eigner Hand
Entrissen.

       Sostrata.
     Ist das auch gewiß?

       Geta.
          Ja wohl!
Mit meinen Augen sah ich's,
    Sostrata.

       Sostrata.
Ach, ich unglücklich Weib! Was oder
    wem
Soll man noch glauben? Unser
    Aeschinus!
Er, unser Aller Leben, er, auf den
All' unsre Hoffnung, unser ganzer
    Reichthum

Sich gründete; der schwur, nie einen
    Tag
Zu leben ohne sie; der auf des
    Vaters Schooß
Das Kind zu legen uns versprach,
    und so
Zu bitten und zu flehen, daß er sie
Als Frau heimführen dürfe!
        Geta.
            Herrin, laß
Die Thränen und bedenke vielmehr,
Was weiter jetzt zu thun sei. Sollen
    wir
Es dulden, oder irgend wem ent=
    decken?
        Canthara.
Ach, Bester, bist du klug? Du meinst,
    man solle
Das offenkundig machen?
        Geta.
          Nein, ich nicht!
Für's Erste liegt's am Tage, daß
    sein Herz
Sich von uns abgewandt hat.
    Machen wir's
Nun Andern kund, so läugnet er,
    das weiß ich.
Dein Ruf und deiner Tochter Leben
    wird
Gefährdet sein. Sodann, gesteht er
    auch,
Ist's doch nicht rathsam, da er eine
    Andre
Mit Lieb' umfaßt, ihm diese hier
    zu geben.
D'rum ist Verschwiegenheit vor Allem
    noth.
        Sostrata.
Nein, nun und nimmermehr! Ich
    thu's nicht!

        Geta.
            Was?
        Sostrata.
Ich mach' es kund.
        Canthara.
       Ach, beste Sostrata,
Bedenke, was du thust!
        Sostrata.
       Die Sache kann
Nicht schlimmer werden als sie ist.
    Für's Erste
Ist's Mädchen ohne Mitgift; dann
    ist hin,
Was ihre zweite Mitgift war: als
    Jungfrau
Kann ich sie Keinem geben. Läug=
    net er,
So bleibt mir noch der Ring als
    Zeuge,
Den er verloren hatte. Endlich,
    weil
Mir mein Gewissen sagt, daß keine
    Schuld
Mich trifft und weder Lohn noch
    sonst etwas,
Unwürdig ihrer oder meiner, vorge=
    kommen,
So will ich's d'rauf versuchen, Geta.
        Geta.
            Nun,
Du magst Recht haben.
        Sostrata.
      Geh', so schnell du kannst,
Und melde ihrem Vetter Hegio
Ausführlich, wie die Sache liegt;
    denn der
Stand obenan bei unserm Simulus
Und hielt auf uns besonders große
    Stücke.

Geta.

Fürwahr, kein Andrer kümmert sich
   um uns.

Sostrata.

Du, Canthara, lauf' flugs und hol'
   die Wehfrau,
Damit, wenn's noth thut, kein Ver=
   zug entsteht! (Alle ab.)

Dritter Auftritt.

(Demea. Bald darauf Syrus.)

Demea.

Des Todes bin ich! Ctesipho, mein
   Sohn,
War, wie ich höre, auch mit bei dem
   Streiche
Des Aeschinus. Das fehlt mir
   Armen noch
Zu meinem Unglück, wenn's gelingt,
   auch den,
Der noch was taugt, zum Schlechten
   zu verführen!
Wo such' ich ihn? Wahrscheinlich
   steckt er wo
In einem schlechten Haus. Beschwatzt
   hat ihn
Der Lotterbube, ganz gewiß. —
   Doch sieh,
Da kommt ja Syrus her! Von dem
   werd' ich
Erfahren, wo er ist. Nun freilich, der
Ist auch mit von der saubern Bande.
   Merkt er,
Daß ich ihn suche, sagt er nichts,
   der Strick.
Ich darf nicht blicken lassen, was
   ich will.

Syrus (ohne Demea zu sehen).

Den ganzen Vorgang haben wir
   so eben
Dem Alten nach der Reih' erzählt.
   So lustig
Sah ich in meinem Leben nichts.

Demea (für sich).

           Hilf Himmel!
Der dumme Mensch!

Syrus.

      Er lobte seinen Sohn,
Mir sagt' er Dank, daß ich den
   Rath gegeben.

Demea.

Das ist zum bersten!

Syrus.

     Auf der Stelle zahlt' er
Die Summe hin, gab eine halbe
   Mine
Zum Schmaus noch obendrein, und
   meiner Treu!
Die ist nach Wunsch verwendet
   worden.

Demea.

                Ei,
Dem muß man Auftrag geben, wenn
   man was
Recht gut besorgt will haben!

Syrus.

       Demea!
Sieh da! Dich hatt' ich nicht be=
   merkt. Wie geht's?

Demea.

Wie's geht? Ich kann mich über
   eure Wirthschaft
Nicht g'nug verwundern.

Syrus.

     Wahrlich, toll ist sie,
Um's offen zu gesteh'n, und abge=
   schmackt!

(In's Haus rufend).

He, Dromo, mach' die andern Fische
rein!
Den größten Meeraal dort laß noch
ein Weilchen
Im Wasser plätschern! Bin ich
wieder da,
So wird er ausgegrätet, eher
nicht!

Demea.

O der Abscheulichkeit!

Syrus.

Ich meinestheils
Hab' kein Gefallen d'ran und schreie
g'nug —

(In's Haus rufend.)

Mach', daß der Salzfisch da, Ste=
phanio,
Hübsch ausgewässert wird!

Demea.

Um's Himmels willen!
Thut er's mit Absicht, oder wäh=
net er,
Es bring' ihm Ehre, wenn er mir
den Sohn
In's Unglück stürzt? O weh mir
armen Mann!
Schon mein' ich jenen Tag zu seh'n,
da er
Aus Armuth unter die Soldaten
läuft.

Syrus.

Ha, Demea! Das nenn' ich mir
Verstand,
Nicht bloß was vor den Füßen
liegt zu seh'n,
Nein, auch das Künftige vorauszu=
schau'n!

Demea.

Sag', ist sie denn in euern Händen
schon,
Die Lautenspielerin?

Syrus.

Da drinnen!

Demea.

Was!
Bei sich im Hause will er sie be=
halten?

Syrus.

Ich glaub's. Er ist nun eben ganz
wie toll.

Demea.

Ist's möglich?

Syrus.

Alberne Gelindigkeit
Des Vaters und verkehrte Nachsicht!

Demea.

Ach,
Ich schäm' und ärgre mich des Bru=
ders wegen!

Syrus.

Ja, Demea, ein großer Unterschied
Ist zwischen euch — ich sag' das
nicht, weil du
Zugegen bist — ein mächt'ger Unter=
schied!
Von Kopf zu Fuß bist du die pure
Weisheit,
Er Träumerei. Würd'st du dem
deinen wohl
So was erlauben?

Demea.

Ich erlauben? Wie?
Ich hätt' es nicht ein ganzes hal=
bes Jahr
Vorher gerochen, eh' er was be=
gonnen?

2 *

Syrus.

Als ob ich deine Wachsamkeit nicht
kennte!

Demea.

Will's Gott, er bleibt so, wie er
eben ist!

Syrus.

Wie man die Kinder zieht, so hat
man sie.

Demea.

Wie ist's mit ihm? Sahst du ihn
heute?

Syrus.

Deinen? —
(Bei Seite.)

Den jag' ich auf das Gut hinaus! —
(Laut)
Er schafft
Schon lang was auf dem Gute,
glaub' ich.

Demea.

Weißt du
Auch sicher, daß er dort ist?

Syrus.

Gab ich doch
Ihm das Geleite!

Demea.

Schön! Ich fürchtete,
Er möchte hier wo stecken.

Syrus.

Und er war
Gehörig aufgebracht!

Demea.

Wie so?

Syrus.

Er fieng
Mit seinem Bruder Zank an auf
dem Markte
Der Dirne wegen.

Demea.

Was du sagst!

Syrus.

Bah! nichts
Verschwieg er! Denn wie's g'rad'
an's Zahlen gieng,
Da kam er unverseh'ns dazu,
fieng an
Zu schrei'n: „O Aeschinus, so
schlechte Streiche
Verübst du! So unwürdig unsers
Hauses
Beträgst du dich!"

Demea.

Vor Freude muß ich weinen.

Syrus.

„Nicht dieses Geld vergeudest du,
nein, nein,
Dein Leben!"

Demea.

Gott erhalt' ihn! Ja, der kommt
Auf seine Ahnen 'raus.

Syrus.

Hui!

Demea.

An dergleichen
Kernlehren ist er unerschöpflich, Syrus.

Syrus.

Ei, wer den Meister so zu Hause hat!

Demea.

Ich thu' mein Möglichstes, laß nichts
ihm durch,
Bin stets an ihm; kurz, wie in
einen Spiegel
Laß ich ihn schau'n in's Leben eines
Jeden
Und ein Exempel sich an Andern
nehmen.
„Das mußt du thun!"

Syrus.

Recht so!

Demea.

„Das mußt du lassen!“

Syrus.

Sehr wohl!

Demea.

„Das bringt dir Ehre!“

Syrus.

Gut getroffen!

Demea.

„Das Schande!“

Syrus.

Ganz vortrefflich!

Demea.

Ferner noch —

Syrus.

Wahrhaftig, 's fehlt mir im Moment
    an Zeit
Dir zuzuhören. Fische hab' ich da
Nach Herzenslust bekommen; daß
    sie mir
Nicht absteh'n, darum gilt's. Denn
    unser Einem
Ist dieß so schimpflich, Demea, wie
    euch,
Das nicht zu thun, wovon du
    eben sprachst.
So gut ich kann, geb' ich in deiner
    eignen
Manier den Kameraden gute Lehren.
„Das ist versalzen; das ist ange=
    brannt;
Das ist nicht schmackhaft g'nug; so
    ist es recht:
Ein andermal mach's wieder so!“
    Mit Fleiß
Vermahn' ich, was ich kann, nach
    meiner Weisheit.
Kurz, wie in einen Spiegel, Demea,

Laß ich sie schauen — in die Schüs=
    seln, und
Ermahne sie zu thun, was sich ge=
    bührt.
Ich fühl' es, albern ist, was wir
    da treiben.
Jedoch was ist zu thun? Man muß
    denn eben
Sich in die Menschen schicken. —
    Steht noch sonst
Was zu Befehl?

Demea.

Daß euch der Himmel wolle
Verstand verleih'n.

Syrus.

Du gehst auf's Gut hinaus?

Demea.

Gerades Wegs.

Syrus.

Was sollst du freilich hier,
Wo doch kein Mensch auf deine
    Lehren achtet? (Ab.)

Demea.

Ich gehe, ja, weil der, um dessen
    willen
Ich hergekommen, weggegangen ist.
Für ihn nur sorg' ich, er nur geht
    mich an:
Denn so verlangt's mein Bruder;
    mit dem andern
Da mag er selber zuseh'n. — Aber
    wer
Ist das dort in der Ferne? — Ist
    es nicht
Mein Zunftgenosse Hegio! Seh' ich
    recht,
So ist er's wirklich. Ah, von Kind=
    heit auf
Ein guter Freund von uns! Du
    lieber Himmel!

An Bürgern solchen Schlags ist
    wahrlich jetzt
Ein großer Mangel, so von alter
    Treu
Und Redlichkeit! Nicht leicht wohl
    möchte der
Dem Staate schädlich sein. Wie
    freu' ich mich!
Wo sich noch Ueberbleibsel der Art
    finden,
Da lebt man gern. — Ich will
    hier auf ihn warten,
Um ihn zu grüßen, und mit ihm
    Eins plaudern.

————

Vierter Auftritt.

(Demea. Hegio. Geta.
    Pamphila.)

Hegio.
O Himmel! Eine schlechte Hand=
    lung, Geta!
Ist es denn möglich!
          Geta.
    Ja, so ist's!
              Aus der
Familie konnte so ein niedriges
Betragen ausgeh'n? — Aeschinus,
    so hätt' es
Bei Gott! Dein Vater nicht gemacht!
        Demea (für sich).
            's ist deutlich,
Er kennt den Auftritt mit dem
    Cithermädchen.
Das schmerzt ihn jetzt, den fremden
    Mann; der Vater,
Der achtet es für nichts. O stünde
    dieser

Hier in der Nähe wo und hört's
    mit an!
      Hegio.
Wenn sie nicht thun, was billig ist,
    so wird
Es ihnen nicht so hingeh'n.
        Geta.
            Hegio,
Auf dir beruht jetzt unsre ganze
    Hoffnung.
Dich haben wir allein, du bist uns
    Schutz
Und Vater; dir empfahl der Greis
    uns sterbend.
Verläſſeſt du uns, sind wir ganz
    verloren.
        Hegio.
O still doch! Nein, das thu' ich
    nicht, das kann ich
Gewissenshalber nicht!
      Demea.
        Ich geh' ihn an. —
Dem Hegio meinen besten Gruß!
        Hegio.
            Ah, dich
Gerade sucht' ich! Demea, sei ge=
    grüßt!
      Demea.
Was giebt's denn?
        Hegio.
          Aeschinus, dein Aeltester,
Den deinem Bruder du an Kindes=
    statt
Gegeben, hat sich nicht betragen, wie
Für einen guten, edeln Mann sich
    ziemt.
      Demea.
Wie das?

Hegio.

Du wirst dich unsers Jugend=
freunds,
Des Simulus, erinnern?

Demea.

Sollt' ich nicht?

Hegio.

Nun, dessen Tochter ward durch ihn
entehrt.

Demea.

Ha!

Hegio.

Bleib'! Du hast das Schlimmste,
Demea,
Noch nicht gehört.

Demea.

Giebt's noch was Aergeres?

Hegio.

Ja wohl, was Aerg'res! Denn das
Eine läßt sich
Zur Noth ertragen. Nacht, Wein,
Liebe, Jugend
Verlockten ihn: 's ist menschlich. Als
er merkte,
Was vorgefallen, gieng aus freien
Stücken
Er zu des Mädchens Mutter, wei=
nend, bittend,
Anflehend, sich verheißend und ver=
schwörend,
Er wolle jene sich zur Gattin nehmen.
Verziehen ward, geschwiegen und ge=
glaubt.
Das Mädchen fühlte sich von dem
an schwanger,
Und steht im zehnten Mond. Nun
hat der Gute
(Will's Gott) uns hier 'ne Lauten=
spielerin

Herbeigeschafft, mit der er leben will;
Die Andre läßt er sitzen.

Demea.

Ist das sicher?

Hegio.

Des Mädchens Mutter da, das
Mädchen selbst,
Die Sache zeugt dafür; dazu hier
Geta —
Für einen Sklaven ein ganz wackrer
Bursche:
Er nährt die Frauen, unterhält allein
Das ganze Haus — führ' ihn hin=
weg und bind' ihn
Und frag' ihn aus.

Geta.

Ja wahrlich, foltre mich,
Wenn's so nicht ist! — Er wird
zuletzt nicht läugnen:
Schaff' ihn nur her!

Demea (für sich).

Ich schäme mich und weiß
Nicht, was ich thun soll, noch was
ihm erwidern.

Pamphila (im Hause).

Ich Arme! Mich zerreißt der Schmerz.
Hilf, Juno
Lucina! Rette mich!

Hegio.

Ach, ist sie denn
In Kindesnöthen?

Geta.

Freilich, Hegio.

Hegio.

Die fleht jetzt, Demea, um euern
Beistand.
Erlange sie, wozu das Recht euch
zwingt,
In Güte! Möge dieß, bitt' ich die
Götter,

Zuerst geschehen, wie's euch ziemt!
Doch wenn
Ihr andern Sinnes seid, dann,
Demea,
Werd' ich aus allen Kräften sie und
jenen
Verstorbenen vertheid'gen. Der war
mir
Verwandt; von frühster Kindheit
wurden wir
Vereint erzogen; waren stets vereint
In Krieg und Frieden; haben Noth
und Mangel
Vereint bestanden. Darum will ich
Alles
Aufbieten, thun, versuchen: kurz
und gut,
Mein Leben lieber lassen, als die
Hand
Von ihnen abzieh'n. Was erwi=
derst du?
Demea.
Ich will mit meinem Bruder mich
besprechen.
Was der für Rath mir giebt, den
nehm' ich an.
Hegio.
Erwäg' indessen, Demea, doch ja
Dieß recht im Ernste: je behaglicher
Ihr lebt, je mächt'ger, reicher, glück=
licher
Und angesehener ihr seid, um desto
Gewisser mahnt die Pflicht, mit
Billigkeit
Das Bill'ge zu bedenken, wenn ihr
wollt
Für brave Leute gelten.
Demea.
Komme wieder!
Was recht ist, soll gescheh'n.

Hegio.
So ziemt es dir.
Du, Geta, führe mich zur Sostrata!
(Ab mit Geta.)
Demea.
Wie ich gesagt, so kommt es. Wär'
es nur
Damit schon ausgerichtet! Aber jene
Gewalt'ge Zügellosigkeit wird wahrlich
Zu einem traur'gen Ende führen.
Jetzt
Geh' ich und suche meinen Bru=
der auf,
Um meinen Aerger an ihm auszu=
lassen. (Ab.)

Fünfter Auftritt.

Hegio (in der Thüre der Sostrata
in's Haus hineinsprechend).
Sei gutes Muthes, Sostrata, und
tröste
Mir ja dein Kind soviel du kannst;
ich will
Den Micio auf dem Markt zu tref=
fen suchen
Und Alles, wie's gescheh'n ist, ihm
erzählen.
Find' ich, daß er bereit ist, seine
Pflicht
Zu thun, nun gut; ist seine Mei=
nung anders,
Erklär' er sich, damit sobald wie
möglich
Ich wisse, was ich anzufangen habe.

Vierter Akt.

Erster Auftritt.

(Ctesipho. Syrus.)

Ctesipho.
Du sagst, mein Vater sei auf's Gut
hinaus?

Syrus.
Schon lange —

Ctesipho.
Sprich doch!

Syrus.
Ist er auf dem Gute,
Und eben tüchtig an der Arbeit,
glaub' ich.

Ctesipho.
O wenn er nur — doch unbeschadet
seiner
Gesundheit — dort sich so abmüdete,
Daß er drei ganze Tage nachein=
ander
Nicht aus dem Bette könnte!

Syrus.
Ja, so sei's!
Und, wenn es möglich, besser noch!

Ctesipho.
Ja, ja!
Denn diesen Tag, den möcht' ich
gar zu gerne,
Wie ich ihn angefangen, durch und
durch
In Freud' und Lust verleben. Unser
Gut da
Ist mir aus keinem andern Grund
so sehr
Fatal, als weil's so nah' ist. Läg'
es weiter

Von hier entfernt, so würd' ihn eher
doch
Die Nacht dort überfallen, als er
wieder
Zurück sein könnte. Sicher läuft er
jetzt
Gleich wieder her, wenn er mich dort
nicht sieht.
Und fragt er mich, wo ich gewesen
— „heute
Hab' ich den ganzen Tag dich nicht
geseh'n!" —
Was sag' ich da?

Syrus.
Fällt dir nichts bei?

Ctesipho.
Durchaus nichts.

Syrus.
Du armer Tropf! Habt ihr nicht
einen Freund,
Clienten, Gastfreund hier?

Ctesipho.
Ja doch! Was weiter?

Syrus.
Dem hättest du gedient.

Ctesipho.
Was nicht geschah.
Das geht nicht!

Syrus.
Doch es geht!

Ctesipho.
Bei Tage wohl.
Doch wenn ich über Nacht hier
bleibe, Syrus,
Was geb' ich dann für einen
Grund an?

Syrus.
Ei!
Wie wünsch' ich doch so sehr, es
wäre Sitte,

Daß man bei Nacht auch seinen
  Freunden diente!
Doch ruhig nur! Ich kenne seine
  Art
Vortrefflich. Brauſ't er recht, dann
  mach' ich ihn
Wie 'n Lamm ſo fromm.

Cteſipho.
Auf welche Art?

Syrus.
                          Er hört
So gern dein Lob: ich mache dich
  bei ihm
Zum Gott, ſchwatz' ihm von deinen
  Tugenden —

Cteſipho.
Von meinen?

Syrus.
          Deinen! Gleich entfallen ihm
Die Thränen, wie 'nem Kind, vor
  Freuden. — Hm!
Da iſt er!

Cteſipho.
Was denn, was?

Syrus.
          Der Wolf in der Fabel.

Cteſipho.
Papa?

Syrus.
Er ſelbſt.

Cteſipho.
Was thun wir, Syrus?

Syrus.
                              Nur
Geſchwind hinein! Ich will ſchon
  ſehen.

Cteſipho.
                Fragt er,

So haſt du nirgends mich —
  hörſt du?

Syrus.
                So ſchweige!

Zweiter Auftritt.

(Demea. Syrus. Cteſipho)
  hinter der Thüre des Hauſes.

Demea (für ſich).
Fürwahr, ich bin ein unglückſel'ger
  Mann!
Den Bruder erſtens find' ich nir-
  gendwo;
Dann, während ich ihn ſuchte, ſah
  ich einen
Taglöhner von dem Hofe: der ver-
  ſichert,
Mein Sohn ſei auf dem Gute nicht.
  Nun weiß ich
Nicht, was ich thun ſoll. —

Cteſipho.
          Syrus!

Syrus.
                Was beliebt?

Cteſipho.
Mich ſucht er?

Syrus.
          Freilich!

Cteſipho.
                Weh mir!

Syrus.
                Sei getroſt! —

Demea.
Was Henker für ein Mißgeſchick!
  Ich kann
Nicht klug d'raus werden. Glauben
  muß ich aber,

Daß ich dazu geboren bin, zum
    Elend.
Zuerst bemerk' ich unsre Unglücks=
    fälle,
Zuerst erfahr' ich alle, bring' zuerst
Die Kunde aus bei Andern, trag'
    allein
Den Kummer, wenn was vorfällt.
        Syrus (für sich).
                Lächerlich!
Er meint's zuerst zu wissen und er
    weiß
Allein von Allem nichts.
        Demea.
          Da bin ich wieder!
Will nachseh'n, ob mein Bruder
    heimgekehrt. —
        Ctesipho.
Mach', Syrus, ja, daß er nicht
    g'radezu
In's Haus dringt!
        Syrus.
Schweigst du denn! Ich will's schon
    machen.
        Ctesipho.
Nein, wahrlich, heute bau' ich nicht
    auf dich.
So will ich denn mich in ein Käm=
    merchen
Mit ihr einschließen; 's ist am sicher=
    sten.   (Ab.)
        Syrus.
Nur zu! Ich schaff' ihn dennoch
    fort.
        Demea.
           Ah Syrus,
Der Schuft!
        Syrus.
Nein, wahrlich, hier hält's Keiner
    aus,

Wenn das so hergeht! Wissen möcht'
    ich doch,
Wie viel ich Herren habe! Was ein
    Elend!
        Demea (für sich).
Was knurrt denn der? Was will er?
    — Saubrer Bursch,
Was sagst du? Ist mein Bruder
    drin?
        Syrus.
        Was Henker
Soll mir dein „saubrer Bursch“?
Ich bin kaput!
        Demea.
Was fehlt dir?
        Syrus.
        Fragst du noch? Der Ctesipho
Hat mich und da die Lautenspielerin
Mit seinen Fäusten Schlag auf
    Schlag fast todt
Geprügelt.
        Demea.
    Hm! Was sagst du!
        Syrus.
           Sieh, wie er
Die Lippe mir zerfetzt hat!
        Demea.
          Und warum?
        Syrus.
Auf meinen Antrieb, sagt er, sei
    die Dirne
Gekauft.
        Demea.
Versichertest du nicht, du habest
Ihm eben das Geleit' auf's Land
    gegeben?
        Syrus.
Ganz recht! Doch wüthend kam er
    d'rauf zurück.

Er schonte nichts! O daß er sich
nicht schämte,
Mich alten Mann zu schlagen, der
ihn jüngst noch
Als so ein winzig Bübchen auf dem
Arm trug!

Demea.

Das lob' ich, Ctesipho, du vaterst
dich.
Bravo! Du bist ein Mann!

Syrus.

Du lobst ihn? Wahrlich,
Einhalten wird er künftig seine
Hände,
Wenn er gescheidt ist!

Demea.

Brav!

Syrus.

O recht! Weil er
Ein armes Mädchen und mich schwa=
chen Sklaven,
Der sich nicht wehren durfte, über=
wand!
Ei ja, gewaltig brav!

Demea.

Nicht Bessres konnt' er.
Er merkt, wie ich, daß du das
Ganze leitest. —
Doch ist mein Bruder drinnen?

Syrus.

Nein, das nicht!

Demea.

Wo such' ich den nun wohl?

Syrus.

Weiß, wo er ist,
Werd's aber heut' nicht zeigen.

Demea.

He, was sagst du?

Syrus.

Ja, ja!

Demea.

Den Schädel schlag' ich dir entzwei!

Syrus.

Den Namen weiß ich nicht von
jenem Manne,
Den Ort wohl weiß ich, wo er ist.

Demea.

So nenne
Den Ort!

Syrus.

Kennst du den Säulengang da unten
Beim Schlachthaus?

Demea.

Ei, wie sollt' ich nicht!

Syrus.

Da gehe
Vorbei, die Straße g'rad' hinauf.
Bist du
Da angekommen, senkt ein Hügel
sich,
Den lauf' hinab. Dann ist nach
dieser Seite
Ein Tempelchen und d'ran ein Win=
kelgäßchen,
Dort, wo der große wilde Feigen=
baum
Noch steht.

Demea.

Ich weiß.

Syrus.

Da gehst du durch.

Demea.

Das Gäßchen
Hat aber keinen Ausgang.

Syrus.

's ist ja wahr!
Ei du mußt glauben, 's fehle mir
am Besten!
Ich habe mich geirrt. Kehr' wieder
um

Zum Säulengang. Ganz recht!
Du wirst da auch
Um vieles näher haben und Ver=
irrung
Ist nicht so leicht. — Weißt du das
Haus des reichen
Cratinus?

Demea.

Wohl!

Syrus.

Bist du an dem vorüber,
Dann links g'radaus der Straße
nach; am Tempel
Dianens halt' dich rechts. Eh' du
das Thor
Erreichst, hart an dem Teiche, steht
ein Mühlchen,
Schrägüber eine Werkstatt: dorten
ist er!

Demea.

Was thut er da?

Syrus.

Ruhbetten für den Söller
Mit eichnen Füßen hat er dort be=
stellt.

Demea.

Wo ihr d'rauf zechen könnt? O
allerliebst! —
Doch warum zögr' ich hinzugeh'n?
(Ab.)

Syrus.

Geh' nur!
Ich will dich heute hetzen, alter
Gauch,
So wie du es verdienest! Aeschinus
Bleibt unausstehlich lang; das Essen
geht
Verdorben; Ctesipho ist ganz ver=
tieft

In seine Liebe: — ich will mich
bedenken,
Will gleich darangeh'n und vom
Leckersten,
Was nur zu finden ist, heraus mir
naschen,
Und so, ein Gläschen nach dem
andern schlürfend,
Soll mir gemächlich dieser Tag ver=
geh'n.   (Ab.)

Dritter Auftritt.

(Micio. Hegio.)

Micio.

Ich finde hierin nichts, daß ich ver=
diente
So sehr gelobt zu werden, Hegio.
Ich thue meine Schuldigkeit: den
Fehler,
Der von uns ausging, mach' ich
wieder gut.
Du müßtest denn mich jener Klasse
Menschen
Beizählen, die, wenn für Beleidigung
Man sie zur Rede stellt, noch oben=
drein
Sich für beleidigt halten, obendrein
Beschwerde führen. Weil dieß nicht
von mir
Geschah, bedankst du dich?

Hegio.

O nein doch, nein!
Nie hab' ich anders dich mir vorge=
stellt,
Als wie du bist. Doch bitt' ich,
Micio,

Geh' zu des Mädchens Mutter mit,
    und sage
Der Frau dasselbe, was du mir
    gesagt:
Daß der Verdacht von seines Bru=
    ders wegen
Entstanden, der das Cithermädchen
    habe.

       Micio.
Wenn du es so für recht hältst,
    oder wenn's
So dienlich ist, so laß uns geh'n!

       Hegio.
            Du thust
Ein gutes Werk; denn ihr wirst du
    das Herz
Erleichtern, die in Schmerz und
    Elend sich
Verzehrt, und deine Schuldigkeit
    erfüllen.
Doch bist du andrer Meinung, so
    will ich
Erzählen, was du mir gesagt.

       Micio.
            O nein,
Ich gehe mit.

       Hegio.
       Du thust ein gutes Werk.
Die Leute, die in minder günstigen
Umständen sich befinden, sind, ich
    weiß
Nicht wie, mißtrauischer; sie nehmen
Leicht Alles wie als Kränkung auf;
    sie glauben
Sich immer wegen ihres Unvermögens
Zurückgesetzt. D'rum dient's zu
    größerer
Beruhigung, daß du persönlich ihn
Rechtfertigest.

       Micio.
Du sprichst so gut als wahr.

       Hegio.
So folge mir hinein!

       Micio.
          Von Herzen gern.
        (Beide ab.)

Vierter Auftritt.

Aeschinus.

Das Herz zerspringt mir! Mußte
    mich denn dieses
So große Unglück unversehens treffen,
Daß ich nicht weiß, was aus mir
    werden soll,
Noch was ich thun soll! Lahm vor
    Furcht
Sind mir die Glieder, starr vor
    Angst die Seele:
Im Geist kann kein Entschluß Be=
    stand gewinnen.
Wie wind' ich mich aus dem Ge=
    wirr? So großer
Verdacht fällt jetzt auf mich, und
    dieses gar
Nicht unverdient. Es bildet Sostrata
Sich ein, daß ich die Lautenspielerin
Für mich gekauft. Dieß hab' ich
    an der Alten
Gemerkt. Denn wie sie eben zu
    der Wehfrau
Hingehen sollte und ich sah sie, tret'
    ich
Gleich auf sie zu, frag', wie's der
    Pamphila
Ergeh', ob die Entbindung nahe sei,
Ob darum sie die Wehfrau holen
    wolle.

Sie aber schreit: „Geh', geh' nur,
    Aeschinus!
Du hast uns lange g'nug getäuscht,
    genug
Mit schönen Worten abgefunden.“
    — Ha,
Was ist das? sagt' ich. — „Fahre
    hin! Besitze,
Die dir gefällt!“ — Ich merkte
    gleich, in welchem
Verdacht ich stand; doch nahm ich
    mich zusammen,
Daß ich der Schwätzerin von meinem
    Bruder
Nichts sagte und die Sache ruchbar
    würde. —
Was thu' ich jetzt? Sag' ich, daß
    meinem Bruder
Sie angehört? — Dieß darf gar
    nicht verlauten. —
Ei was! 's ist immer möglich, 's
    kommt nicht 'raus.
Nur fürcht' ich, daß sie g'rade das
    nicht glauben.
So viel Wahrscheinliches vereinigt
    sich:
Ich habe sie entführt, ich selbst das
    Geld
Gezahlt, zu mir ward sie in's Haus
    gebracht:
Gesteh' ich's, ich bin Schuld d'ran!
    — Daß ich nicht
Die Sache meinem Vater, wie sie
    auch
Sein mochte, mitgetheilt! Er hätte
    sich
Erbitten lassen, daß ich sie als
    Gattin
Heimführte. — Nichts als Zaudern
    bis hieher! —

Jetzt, Aeschinus, wach' auf! Jetzt
    ist das Erste:
Zu ihnen geh' ich, mich zu reinigen;
Ich nahe mich dem Haus. — O
    weh! Ein Schauer
Ergreift mich immer, wenn ich Armer
    hier
Anklopfe! — Holla! Ich bin's —
    Aeschinus!
Mach' einer gleich die Thür auf!
    — Sieh, es kommt
Jemand heraus. Ich will bei Seite
    treten.

Fünfter Auftritt.

(Micio. Aeschinus.)

Micio (in's Haus hineinsprechend).
Mach's, wie du sagtest, Sostrata!
    Ich rede
Mit Aeschinus, damit er darum
    wisse,
Was hier besprochen worden. —
    Aber wer
Hat angeklopft?
    Aeschinus (für sich).
Mein Vater! — Ja wahrhaftig,
Er ist's! Ich bin des Todes!
    Micio.
             Aeschinus!
    Aeschinus (für sich).
Was hat der hier zu thun?
    Micio.
           Hast du gepocht? —
Er schweigt. Ein Bischen necken
    muß ich ihn.
Er hat's verdient, da er mir nie von
    selbst

Das hat vertrauen wollen. — Sagst
    du nichts?

              Aeschinus.

An der Thür nicht, so viel ich weiß.

              Micio.

                    Nun ja!
Auch konnt' ich mir nicht denken,
    was du hier
Zu schaffen haben solltest. — Er
    wird roth!
Noch steht die Sache gut.

              Aeschinus.

        Sag' mir doch, Vater,
Was hast denn du hier vor?

              Micio.

          O nichts für mich.
Ein Freund hat mich so eben mit
    vom Markte
Hierher genommen, sich zum Rechts=
    beistand.

              Aeschinus.

Was?

              Micio.

Ich erzähl' es dir. Es wohnen dort
Ein paar blutarme Frau'n. Du
    kennst sie nicht,
Wie ich vermuthe, sicher nicht; sie
    sind
Nicht lang erst hergezogen.

             Aeschinus.

         Was denn mehr?

              Micio.

Ein junges Mädchen ist's mit seiner
    Mutter.

             Aeschinus.

Fahr' fort!

              Micio.

Des Mädchens Vater ist gestorben;
Mein Freund ist ihr der nächste
    Blutsverwandte,

Ihn muß sie, dem Gesetz nach, eh=
    lichen.

              Aeschinus.

O weh!

              Micio.

        Was giebt es?

              Aeschinus.

Nichts! Schon gut! Nur weiter!

              Micio.

Der kam hieher, sie abzuholen, denn
Sein Wohnort ist Milet.

              Aeschinus.

         Sie abzuholen?

              Micio.

Nicht anders!

              Aeschinus.

        Nach Milet gar? Bitte!

              Micio.

                     Ja!

              Aeschinus.

Mir wird nicht wohl! — Und sie?
    was sagen sie?

              Micio.

Was sollten sie denn viel? Nun,
    nichts! Die Mutter
Giebt vor, ein Kind sei da von
    einem Andern,
Ich weiß nicht wem; sie nennt ihn
    eben nicht.
Der gehe vor, und diesem habe
    man
Sie nicht zu geben.

             Aeschinus.

        Wie? Scheint dir das nicht
Im Grunde völlig recht?

              Micio.

                  Nein!

              Aeschinus.

            Bitte, nein?
Wird er sie mit sich nehmen, Vater?

Micio.

Freilich!
Warum auch nicht?

Aeſchinus.

O das iſt hart von euch
Und unbarmherzig, ja, wenn ich es,
  Vater,
Noch offner ſagen ſoll, unehrenhaft!

Micio.

Warum?

Aeſchinus.

Du fragſt? Wie meinſt du mag dem
  Armen
Doch wohl zu Muthe ſein, der
  früherhin
Umgang mit ihr gepflogen, der, o
  Jammer,
Noch jetzt vielleicht ſie ſterblich liebt,
  wenn er
Sie plötzlich von ſich weggeriſſen
  ſieht,
Vor ſeinen Augen fortgeführt? Das
  iſt
Unwürdig, Vater!

Micio.

Wie denn ſo? Wer hat
Sie ihm verſprochen? wer gegeben?
  wem
Und wann iſt ſie vermählt? wer
  hat’s genehmigt?
Was nahm er eine Fremde?

Aeſchinus.

Sollte denn
Ein ſo groß Mädchen ſtill zu Hauſe
  ſitzen
Und harren, bis ein Anverwandter
  kam,
Gott weiß woher? Dieß, Vater,
  hätte dir

Zu ſagen, dem zu wehren ange=
  ſtanden.

Micio.

Wie lächerlich! Ich ſollte gegen den
Auftreten, dem als Beiſtand ich ge=
  kommen? —
Was geht das aber uns an, Aeſchi=
  nus?
Was haben mit den Leuten wir
  zu ſchaffen?
Komm, laß uns geh’n! — Was
  iſt? was weineſt du?

Aeſchinus.

O höre, beſter Vater!

Micio.

Aeſchinus,
Ich hab’s gehört, ich weiß um Alles,
  denn
Ich liebe dich und um ſo mehr
  liegt mir
Am Herzen, was du thuſt.

Aeſchinus.

O möchteſt du,
So lang du lebſt, mein Vater,
  deiner Liebe
Mich ſtets ſo würdig finden, wie
  mich dieſes
Vergehen in der Seele ſchmerzt und
  ich
Vor dir mich ſchäme!

Micio.

Wohl, ich glaub’ es gern!
Ich kenne ja dein edles Herz; doch
  fürcht’ ich,
Dein Leichtſinn iſt zu groß. In
  welchem Staate
Vermeinſt du denn zu leben? Eine
  Jungfrau
Haſt du entehrt, die zu berühren du

Das Recht nicht hatteſt! Schon dieß
    Eine war
Ein großer Fehler, groß, doch aber
    menſchlich:
Das haben Andre oft, auch Wackere,
Gethan. Doch ſprich, nachdem dieß
    vorgefallen,
Haſt du dich irgend umgeſehen?
    irgend
Dich vorgeſeh'n, was daraus wer=
    den ſollte,
Wie's werden ſollte? Wenn dich
    vom Geſtändniß
Die Scham zurückhielt, wie ſollt'
    ich's erfahren?
Mit deinem Schwanken ſind zehn
    Monate
Dahingegangen. Bloßgeſtellt haſt
    du,
Soviel an dir lag, dich, das arme
    Mädchen,
Das Kind. Wie? Glaubteſt du,
    es würden dir
Die Götter dieß im Schlaf zu Stande
    bringen?
Und ohne dein Bemühen würde ſie
In dein Gemach geführt? Mir wäre
    leid,
Wenn du im Uebrigen ſo ſorglos
    wäreſt. —
Sei gutes Muths! Du ſollſt ſie
    haben.

      Aeſchinus.
            Ha!
      Micio.
Sei gutes Muthes, ſag' ich!
      Aeſchinus.
          Vater, ſprich,
Haſt du mich jetzt zum Beſten?

      Micio.
         Dich? Warum?
      Aeſchinus.
Ich weiß nicht; aber weil ſo ſehr
    ich wünſche,
Es möchte wahr ſein, iſt mir doppelt
    bange.
      Micio.
Geh' heim und fleh' die Götter an,
    daß du
Sie dir als Gattin holeſt. Geh'!
      Aeſchinus.
          Was? Jetzt?
Als Gattin?
      Micio.
      Jetzt!
      Aeſchinus.
         Jetzt?
      Micio.
    Jetzt, ſo ſchnell du kannſt!
      Aeſchinus.
Mein Vater, mögen mich die Götter
    alle=
Zuſammen haſſen, wenn ich dich
    nicht mehr,
Als meine Augen, liebe!
      Micio.
      Wie? Auch mehr
Als Pamphila?
      Aeſchinus.
      Ganz gleich.
      Micio.
         Sehr gütig!
      Aeſchinus.
           Wo
Iſt aber der Mileſier hin?
      Micio.
         Geſtorben,
Verdorben, abgeſchifft! — Was
    zauderſt du?

Aeſchinus.

Geh', Vater! flehe du vielmehr die
    Götter
Um Beiſtand an; denn ſicherlich, ſie
    werden,
Da du um ſo viel beſſer biſt als
    ich,
Dir um ſo mehr zu Willen ſein.

Micio.

             Ich gehe
Hinein und ſorge für das Nöthige.
Biſt du geſcheidt, ſo thuſt du wie
    ich ſagte.

                (Ab.)

Aeſchinus.

Was ſoll ich dazu denken? Heißt
    das Vater,
Das Sohn ſein? Ja, wenn er mein
    Bruder wäre,
Mein Buſenfreund, wie könnt' er
    williger
Sich gegen mich erweiſen? Sollt'
    ich ihn
Nicht lieben, ihn nicht auf den
    Händen tragen?
So große Sorge macht er mir durch
    ſeine
Gefälligkeit, ich möcht' unwiſſentlich
Was thun, das er mißbilligte; mit
    Willen
Geſchieht es ſicher nicht. — Doch
    ſchnell hinein,
Daß ich nicht meine Hochzeit mir
    verzögre!

                (Ab.)

Sechster Auftritt.

Demea.

Von vielem Laufen bin ich müd'
    und matt!
O daß dich, Syrus, Jupiter ſammt
    deiner
Wegweiſerei zu Grunde richtete!
Durchkrochen hab' ich ſchier die ganze
    Stadt,
An's Thor, zum Teiche, wohin nicht?
    Es war
Dort nirgends eine Werkſtatt, und
    kein Menſch
Will meinen Bruder wo geſehen haben.
Jetzt aber iſt mein Vorſatz, hier im
    Hauſe
Mich einzulagern, bis er wieder=
    kommt.

Siebenter Auftritt.

(Micio. Demea.)

Micio
(aus dem Hauſe kommend, für ſich).
Ich geh' und ſage ihnen, daß bei uns
Kein Anſtand weiter iſt.

Demea.

        Da iſt er ſelbſt! —
Dich ſuch' ich längſt ſchon, Micio!

Micio.

          Was giebt's?

Demea.

Da häb' ich andre ſchwere Buben=
    ſtücke
Zu melden von dem lieben jungen
    Herrn!

3*

Micio.

Ei sieh doch!

Demea.

Unerhörte, criminelle —

Micio.

Halt ein!

Demea.

Du weißt nicht, wie er ist!

Micio.

Ich weiß es.

Demea.

Ach Narr du! Von der Lauten=
spielerin
Träumst du ich rede? Dieß Ver=
brechen traf
Ein junges Bürgermädchen.

Micio.

Weiß es.

Demea.

Was!
Du weißt's und duldest es?

Micio.

Warum denn nicht?

Demea.

Sag' mir, du schreist nicht, tobst nicht?

Micio.

Nein! Zwar wünscht' ich —

Demea.

Ein Bub' ist da!

Micio.

Gesegn' ihn Gott!

Demea.

Das Mädchen
Hat nichts!

Micio.

So hör' ich.

Demea.

Und man muß sie nehmen
Ohn' Ausstattung!

Micio.

Natürlich!

Demea.

Was soll jetzt
Geschehen?

Micio.

Nun, was sich von selbst versteht:
Man bringt das Mädchen hier her=
über.

Demea.

Himmel!
So muß es geh'n?

Micio.

Was kann ich weiter thun?

Demea.

Was thun? Ist dir's nicht wirklich
leid, so ziemt
Dem Menschen, wenigstens den Schein
zu wahren.

Micio.

Ich hab' ihm ja das Mädchen schon
verlobt,
Die Sach' ist ausgemacht, 's giebt
eine Heirath.
Befreit hab' ich ihn von der Angst;
das ziemt
Dem Menschen mehr noch.

Demea.

Uebrigens — gefällt
Dir die Geschichte, Micio?

Micio.

O nein,
Wenn ich sie ändern könnte; jetzt,
da ich
Es nicht kann, trag' ich's mit Ge=
lassenheit.
Des Menschen Leben gleicht dem
Würfelspiel:
Fällt der Wurf nicht, den du am
meisten brauchst,

So mußt du den, der g'rade fiel, durch Kunst
Verbessern.

Demea.
Du Verbesserer! — Ei ja!
Durch deine Kunst sind baare zwan=
zig Minen
Zum Kukuk für die Lautenspielerin;
Die man, sobald wie möglich, ir=
gendwie
Losschlagen muß, wenn nicht um
Geld, umsonst.

Micio.
Das muß man nicht, noch denk'
ich wirklich d'ran,
Sie zu verkaufen.

Demea.
Nun, was machst du denn?

Micio.
Sie bleibt im Hause.

Demea.
Ach um's Himmels willen!
Die Metze mit der Ehefrau zu=
sammen
In einem Haus?

Micio.
Warum nicht?

Demea.
Ist es richtig
In deinem Kopf?

Micio.
Ich hoff's.

Demea.
So wahr' mich Gott!
Nach deiner Albernheit zu schließen,
glaub' ich,
Du willst es darum thun, Jemand
zu haben,
Mit dem du musiciren kannst.

Micio.
Warum nicht?

Demea.
Die junge Frau lernt's auch?

Micio.
Versteht sich!

Demea.
Du
Hältst unter ihnen bei dem Ringel=
reihn
Das Seil und tanzest?

Micio.
Wohl! Und du mit uns
Gemeinsam, wenn es noth ist.

Demea.
Wehe mir!
Schämst du dich nicht?

Micio.
Nun laß doch, Demea,
Dein ewig Grämeln, und, wie sich
gebührt,
Zeig' dich bei deines Sohnes Hoch=
zeit fröhlich
Und wohlgemuth! Ich will mit
ihnen sprechen;
Dann komm' ich wieder her.   (Ab.)

Demea.
O großer Gott!
Welch' Leben! welche Sitten! welche
Thorheit!
'ne Gattin ohne Mitgift ist im An=
zug —
Ein Cithermädchen drin — ein Haus
voll Aufwand —
Ein junger Mensch durch Ausschwei=
fung verdorben —
Ein Greis halb Kind: — sie selbst,
die Rettungsgöttin,

Und wollte sie's, kann dieß Geschlecht
nicht retten!

―――

Fünfter Akt.

Erster Auftritt.

(Syrus. Demea.)

Syrus
(angetrunken, für sich).

Potztausend, Syruschen, du hast dich
weidlich
Gepflegt und mit Geschmack dein
Amt verwaltet!
Recht brav gemacht! Indeß, wie
ich mich drin
An allem satt geschmaus't, da kriegt'
ich Lust,
Ein bischen 'rauszuschlendern.

Demea (für sich).
Sieh einmal!
Ein Muster guter Zucht!

Syrus.
Ei, unser Alter! —
Wie steht's! Warum so finster?

Demea.
Gräuel du!

Syrus.
Hoho! Du strömst hier Weisheits=
worte aus!

Demea.
Du — wärst du mein!

Syrus.
Reich wärst du, Demea,
Und deine Sache stünd' auf festem
Fuß.

Demea.
Ein warnend Beispiel stellt' ich auf
an dir
Für alle Welt!

Syrus.
Warum? Was hab' ich denn
Verbrochen?

Demea.
Fragst du? G'rad' im besten Lärm,
Beim ärgsten Schelmenstück, das kaum
noch recht
Beschwichtigt ist, hast du gesoffen,
Schurke,
Wie nach vollbrachter Heldenthat!

Syrus.
O wär' ich
Geblieben, wo ich war!

―――

Zweiter Auftritt.

(Dromo. Syrus. Demea.)

Dromo.
He, Syrus, he!
Dich bittet Ctesipho, zurückzukommen.

Syrus.
Fort! fort!

Demea.
Was sagt der da von Ctesipho?

Syrus.
Nichts!

Demea.
Wie, Halunk'! Ist Ctesipho da drin?

Syrus.
Nicht doch!

Demea.
Was nennt ihn der?

Syrus.
Das ist ein andrer,

So 'n winzig klein Schmaroßerchen.
Du kennst ihn?

Demea.

Werb's gleich erfahren! (will fort.)

Syrus.

Was? Wo willst du hin?

Demea.

Laß los!

Syrus.

Bleib'! sag' ich dir.

Demea.

Die Hand weg, Schlingel!
Willst du, daß ich dein Hirn ver=
spritzen soll? (Ab.)

Syrus.

Fort ist er! Traun, ein unbequemer
Gast,
Zumal für Ctesipho! — Na, was
mach' ich? —
Bis sich der Sturm gelegt hat, drück'
ich mich
Hier irgendwo in einen Winkel hin
Und schlaf' mein Weinchen aus. So
wird's gemacht!

Dritter Auftritt.

(Micio. Dann Demea.)

Micio
(aus Sostrata's Hause tretend).

Bei uns ist Alles fertig, Sostrata,
Wie ich gesagt. Wenn du nun
willst — Wer klopft
So stark an meine Thür?

Demea
(aus Micio's Hause stürzend).

O weh! was mach' ich?
Was fang' ich an? Was schrei' ich
oder klag' ich?
O Himmel! o du Erde! o ihr Meere
Neptuns!

Micio.

Da haben wir's! Er weiß die ganze
Geschichte! Darum schreit er, offen=
bar.
Der Zank geht los: man muß zu
Hilfe kommen!

Demea.

Da ist er, das Verderben unsrer
Kinder!

Micio.

So mäßige doch endlich deinen Zorn
Und komme zu dir selbst!

Demea.

Ich thu's — ich bin's —
Kein böses Wort entfährt mir
bloß die Sache
Laß uns erwägen! Waren wir nicht
Eins,
(Von dir g'rad' gieng es aus) du
solltest dich
Um Meinen, ich um Deinen mich
nicht kümmern?
Antworte!

Micio.

Ja, ich läugne's nicht.

Demea.

Was zecht er
Nun jetzt bei dir? Was herbergst
du den Meinen?
Was kaufst du ihm die Dirne,
Micio?
Steht mir denn weniger dasselbe
Recht
Als dir zu? Da ich um den Dei=
nen mich

Nicht kümmre, kümmre dich um Mei=
    nen nicht.

          Micio.

Du sprichst nicht billig — nein! —
    Denn unter Freunden
Ist Alles, nach dem alten Spruch,
    gemeinsam.

          Demea.

Recht hübsch! Nun führt man jetzt
    erst solche Sprache.

          Micio.

Auf ein paar Worte, Demea, wenn
    dir's
Nicht lästig ist! Vorerst, wenn das
    dich wurmt,
Daß deine Söhne so viel Aufwand
    treiben,
Bedenke doch nur dieß: du woll=
    test sie
Einst alle zwei nach eignen Mitteln
    großzieh'n,
Weil du im Glauben standest, dein
    Vermögen
Reich' aus für Beide, und ich würde
    sicher
Mich noch verehlichen. Demselben
    alten
Grundsatz bleib' fernerhin getreu:
    erwirb,
Erhalte, spare; mache, daß du einst
So viel wie möglich ihnen hinter=
    lassest
Und dir den Ruhm davon! Das
    Meinige,
Was ihnen unverhofft zu Gute
    kommt,
Laß sie verwenden! Von dem Ca=
    pital
Geht nichts verloren; was von die=
    ser Seite

Dazu kommt, rechne Alles für Ge=
    winn!
Wenn du das, Demea, so recht bei
    dir
Bedenken willst, ersparst du mir
    und dir
Und ihnen manche Unannehmlichkeit.

          Demea.

Vom Gelde schweig' ich; ihr Be=
    tragen aber —

          Micio.

Geduld! Ich weiß es; dahin wollt'
    ich eben.
Es finden sich im Menschen manche
    Züge,
Aus denen leicht ein Schluß sich
    machen läßt,
So daß, wenn zwei dasselbe thun,
    du oft
Behaupten kannst, dem darf es straf=
    los hingeh'n,
Dem Andern nicht; nicht weil Un=
    ähnlichkeit
Die Sache bietet, nein, bloß die
    Person
Der Handelnden. Und Züge der
    Art seh' ich
Bei ihnen, daß ich fest vertrau',
    sie werden,
Wie man sie wünschen mag. Ich
    sehe sie
Klug, einsichtsvoll, am rechten Ort
    voll Scheu,
Voll gegenseit'ger Liebe: hierin giebt
Ein edler Geist, ein edles Herz sich
    kund;
Wann du auch willst, du führest
    sie dem Guten
Leicht wieder zu. Jedoch du fürch=
    test wohl,

Sie möchten mit dem Geld fahr=
  lässiger
Zu Rathe geh'n. O bester Demea,
Für alles Andre werden mit den
  Jahren
Wir klüger, aber diesen Einen Fehler
Bringt uns das Alter mit: wir Alle
  sind
Auf's Geld erpichter als wir sollten.
  Werden
Ja doch die Jahre sie zur G'nüge
  schleifen!

Demea.

O wenn nur, Micio, nicht deine
  schönen
Grundsätze da und deine Gütigkeit
Am Eud' uns völlig in's Verderben
  stürzen!

Micio.

Still! Das wird nicht geschehen.
  Laß das jetzt!
Heut schenk' dich mir! Entrunzle
  deine Stirn!

Demea.

Nun ja, die Zeit will's so, man
  muß wohl! Morgen
Geht's aber mit dem Jungen fort
  auf's Land,
Sobald der Tag ergraut!

Micio.

    Nein, lieber, dächt' ich,
Noch in der Nacht! Noch heute zeig'
  dich froh!

Demea.

Und die Person, die Lautenspielerin,
Pack' ich zugleich mit auf.

Micio.

    Unübertrefflich!
Auf die Art wirst du deinen Sohn
  dort vollends

Anfesseln. Mach' nur, daß du sie
  behältst!

Demea.

Laß mich vor sorgen! Und sie soll
  am Herd
Und in der Mühle Asche, Rauch
  und Mehlstaub
Genug zu schlucken kriegen, soll dazu
Am Mittag stoppeln geh'n: so aus=
  gehotzelt,
So schwarz wie eine Kohle mach'
  ich sie!

Micio.

Scharmant! Nun bist du auf dem
  rechten Wege! —
Und dann, wär' ich wie du, so
  müßte mir
Der Sohn, er möchte wollen oder
  nicht,
Mit ihr in Einem Bette —

Demea.

    Spottest du? —
Du Glücklicher bei solcher Sinnesart!
Ich fühl's —

Micio.

    Ah, fängst du wieder an?

Demea.

    Nu, nu,
Ich schweige schon!

Micio.

    So geh' hinein und laß uns,
Wie's angemessen ist, den Tag ver=
  bringen!

————

Vierter Auftritt.

Demea.

Nie schließt ein Mensch die Rech=
  nung seines Lebens

So völlig ab, daß nicht Umstände,
Jahre,
Erfahrung immer etwas Neues
bringen,
Nicht etwas lehren: so daß du nicht
weißt
Was du zu wissen glaubst, und
was bei dir
Für's Erste galt, du in der An=
wendung
Verwirfst. Das ist jetzt mein Fall;
denn ich gebe
Das harte Leben, das ich seither
führte,
Nun fast am Ziele meiner Lauf=
·bahn auf.
Weßhalb? Durch's Leben selbst hab'
ich gefunden,
Daß es nichts Beßres für den Men=
schen giebt,
Als Sanftmuth und Gefälligkeit.
Wie wahr
Das sei, kann Jeder leicht an mir
Und meinem Bruder sehen. Er hat
immer
In Müßiggang, in Gasterei'n sein
Leben
Verbracht, war gütig, sanft, that
Keinem weh
In's Angesicht, war Allen freund=
lich, lebte
Für sich, trieb Aufwand sich allein
zum Besten:
Es lobt ihn und es liebt ihn alle Welt.
Ich, so von Bauernart, streng, fin=
ster, karg,
Griesgrämig, zähe, nahm ein Weib.
Welch' Elend
Erlebt' ich! Kinder kamen, neue
Sorge!

Und während ich so d'ran war, mög=
lichst viel
Für sie zu sammeln, hab' ich im
Erwerben
Mein Leben, meine Jahre hinge=
bracht.
Jetzt, wo's zur Neige geh'n will,
ernt' ich Haß
Als Frucht für meine Arbeit; er
dagegen
Genießt die Vaterfreuden ohne
Arbeit.
Ihn lieben, mich vermeiden sie; ihm
halten
Sie nichts geheim, ihm sind sie zu=
gethan,
Bei ihm sind Beide gern: ich bin
verlassen;
Ihm wünschen sie das Leben, bei
mir harren
Sie auf den Tod. So hat er die
von mir
Mit größter Anstrengung Erzoge=
nen
Sich zugeeignet um geringe Ko=
sten,
Die ganze Last fällt mir zu, ihm
die Freude.
Nun denn, versuchen wir gleich jetzt,
ob ich
Kann freundlich reden oder gütig
handeln:
Weil er heraus mich fordert! Ich
verlange
Auch Lieb' und Achtung von den
Meinigen.
Wird dieß durch Schenken und Will=
fährigkeit
Erworben, will ich nicht der Letzte
sein.

Tritt Mangel ein? Das kümmert
mich doch wohl
Am wenigsten, da ich der Aeltste bin.

———

Fünfter Auftritt.

(Syrus. Demea.)

Syrus.
He, Demea, der Bruder läßt dich
bitten,
Du mögst dich nicht zu weit ent=
fernen.

Demea.
Wer da? —
O bester Syrus, sei gegrüßt! Wie
geht's?
Wie steht's?

Syrus.
Gut.

Demea (bei Seite).
Allerliebst! Schon hab' ich meiner
Natur zuwider, die drei Worte:
„Bester!
Wie geht's? wie steht's?" hinzuge=
fügt. — Wie 'n nicht
Gemeiner Bursch benimmst du dich,
und gerne
Erweis' ich dir was Liebes.

Syrus.
Danke schön!

Demea.
Doch, Syrus! Es ist Ernst, und
ehster Tage
Sollst du das wirklich durch die That
erfahren.

———

Sechster Auftritt.

(Geta. Die Vorigen.)

Geta
(in der Thüre der Sostrata).
Ich gehe, Herrin, nachzuseh'n, wie
bald
Die junge Frau sie holen. — Demea!
Willkommen!

Demea.
Ah! — Dein Name?

Geta.
Geta.

Demea.
Geta,
Als ein recht schätzenswerther Bursch
bist du
Mir heut erschienen. Denn fürwahr,
der Sklav
Hat sich bewährt bei mir, dem seine
Herrschaft
Am Herzen liegt, wie ich's bei dir
sah, Geta.
Und dir erweis' ich, ebendrum, wenn
die
Gelegenheit sich bietet, gern was
Liebes. —
(bei Seite)
Ich übe mich im Freundlichthun
und 's geht
Mir trefflich ab!

Geta.
Bist gütig, wenn du so
Von mir urtheilest.

Demea (bei Seite).
Nachgerade mach' ich
Mich bei dem Volk ein Bischen
populär.

———

Siebenter Auftritt.

(Aeschinus. Die Vorigen.)

Aeschinus
(aus Micio's Hause kommend, ohne
Demea zu sehen).

Sie tödten mich mit ihrem guten
Willen,

Gar zu solenn die Hochzeit auszu-
richten;

Der Tag verstreicht mit lauter Zu-
rüstungen.

Demea.

Wie geht es, Aeschinus?

Aeschinus.

Mein Vater! Ah!

Warst du hier?

Demea.

Traun, dein Vater von Natur
Und von Gesinnung, der dich mehr
als seinen

Augapfel liebt! — Doch warum
führest du

Nicht deine Gattin heim?

Aeschinus.

Ich thät' es gern,

Doch hält die Flötenspielerin mich
auf

Und die das Brautlied singen sollen.

Demea.

Ei!

Willst du mich alten Mann wohl
hören?

Aeschinus.

Nun?

Demea.

Fort mit dem Zeug! dem Brautlied,
dem Getümmel,

Den Hochzeitsfackeln, Flötenspiele-
rinnen!

Und laß die Gartenplanke nieder-
reißen

So schnell als möglich! Da hol'
sie herüber!

Mach' Ein Haus aus den beiden;
schaff' die Mutter,

Die ganze Hausgenossenschaft zu uns!

Aeschinus.

O schön, mein allerliebster Vater!

Demea (bei Seite).

Herrlich!

Schon heiß' ich „Liebster". Meinem
Bruder wird

Das Haus durchbrochen — Gäste
führt er ein —

Macht Aufwand und so fort: was
kümmert's mich?

Ich „Liebster" ernte Dank. Jetzt
mag nur gleich

Der Babylonier noch zwanzig Minen

Auszahlen! — Syrus, geh' und
führ' es aus!

Syrus.

Was soll ich denn?

Demea.

Reiß' ein! (Syrus ab.)
(Zu Geta.)

Du, geh' hinüber

Und bring' sie her!

Geta.

Gott lohn' dir's, Demea,

Da, wie ich sehe, du's so herzlich
gut

Mit unserm Hause meinst!

Demea.

Sie sind es werth.

(Geta ab.)

(Zu Aeschinus.)
Was meinest du?
  Aeschinus.
    Gewiß!
  Demea.
    's ist doch weit klüger,
Als jene kranke Wöchnerin jetzt über
Die Straße herzuführen!
  Aeschinus.
    Allerdings,
Was Beßres hab' ich nicht geseh'n,
  mein Vater.
  Demea.
's ist meine Art so. — Aber Micio
  kommt!

Achter Auftritt.

(Micio. Demea. Aeschinus.)

  Micio.
Mein Bruder will's? — Wo ist
  er? — Demea,
Willst du's?
  Demea.
  Ja freilich will ich's, und daß
  wir,
In diesem Punkt und sonst, wo
  möglich Eine
Familie machen, sie in Ehren halten,
Sie fördern, an uns ziehn.
  Aeschinus.
    So bitt' ich, Vater.
  Micio.
Ich habe nichts dagegen.
  Demea.
    Meiner Treu!
Es paßt sich auch für uns nicht an-
  ders. Erstens

Ist sie von dessen Gattin hier die
  Mutter —
  Micio.
Was weiter?
  Demea.
    Brav und ehrbar —
  Micio.
    Wie sie sagen.
  Demea.
Bei Jahren schon —
  Micio.
    Ich weiß es.
  Demea.
    Kinder kann sie
Schon lange nicht mehr kriegen,
  altershalber,
Und 's ist kein Mensch da, der sich
  um sie kümmert;
Sie ist allein.
  Micio (für sich).
    Was hat der?
  Demea.
    Die mußt du
Nothwendig nehmen; du
  (Zu Aeschinus)
    Behilflich sein,
Daß es geschieht!
  Micio.
    Was? Ich sie nehmen?
  Demea.
    Du!
  Micio.
Ich?
  Demea.
  Du, ich sag's!
  Micio.
    Du bist nicht klug.
  Demea (zu Aeschinus).
    Wenn du
Ein Mann bist, muß er's thun.

46

Aeschinus.
Mein Vater!
Micio.
Was!
Du Esel hörst auf ihn?
Demea.
Hilft nichts, es kann
Nicht anders sein!
Micio.
Du faselst!
Aeschinus.
Laß dich doch
Erbitten, lieber Vater!
Micio.
Rasest du? —
Weg da!
Demea.
Nun, thu's dem Sohne zu Ge=
fallen!
Micio.
Bist du auch recht bei Sinnen? Ich,
ich sollte,
Ein Fünfundsechziger, noch Hochzeit
machen?
Ein abgelebtes Mütterchen mir neh=
men?
Das muthet ihr mir zu?
Aeschinus.
O thu's! Ich hab's
Versprochen.
Micio.
Gar versprochen? — Sei mit
dir
Freigebig, Knabe!
Demea.
Wie denn, wenn er dich
Um noch was Größres bäte?
Micio.
Gleich als wäre
Dieß nicht das Größte!

Demea.
Thu's ihm zu Ge
Aeschinus.
Mach' keine Schwierigkeit!
Demea.
Thu's! Sag
Micio.
Ihr laßt nicht ab?
Aeschinus.
Nein, bis ich dich e
Micio.
Das heißt Gewalt!
Demea.
Na, willig,
Micio.
Obschon es mir verkehrt, toll,
geschmackt
Und meiner Lebensweise fremd
scheint:
Wenn ihr's so sehr denn wünsch
meinetwegen!
Aeschinus.

Demea.
Man muß dich lieben. Aber -
Micio.
Was?
Demea.
Ich s
Da du auf meinen Wunsch
giebst.
Micio.
Was n
Was ist noch übrig?
Demea.
Hegio ist ihr näch
Verwandter, uns verschwägert, n
tellos:
Dem sollten wir was Liebes th

Micio.

Und was?

Demea.

u haft da vor der Stadt ein klei=
nes Gütchen,

Das du verpachteft. Geben wir ihm
das

Zur Nutznießung!

Micio.

Ein kleines, ſagſt du?

Demea.

Wär's

ein großes auch, man müßt' es
doch! Bei der

ſſt er an Vaters Statt, iſt brav,
iſt unſer:

Nit Recht bekommt er's. Endlich
mach' ich mir

Das Wort zu eigen, das du, Micio,

Vorhin ſo gut und weislich an=
geführt:

"Ein allgemeiner Fehler iſt's: wir
ſind

Im Alter gar zu ſehr auf's Geld
erpicht."

Dem Flecken ziemt uns auszuwei=
chen. Du

iſt wahr geſprochen und es muß
geſchehn.

Micio.

Ei nun, man giebt's, weil der es
will!

Aeſchinus.

Mein Vater!

Demea.

Jetzt biſt du mein Bruder, wie
Dem Leibe, ſo dem Geiſte nach.

(Bei Seite.)

Mich freut's!

Den ſchlag' ich todt mit ſeinen eig=
nen Waffen.

———

Neunter Auftritt.

(Syrus. Die Vorigen.)

Syrus.

Was du befohlen, Demea, iſt ge=
ſchehn.

Demea.

Biſt brav! Fürwahr, nach meiner
Meinung iſt's

Nicht mehr als billig, daß wir heut
dem Syrus

Die Freiheit ſchenken.

Micio.

Ihm? Aus welchem Grunde?

Demea.

Aus vielen.

Syrus.

Beſter Demea! Wahrhaftig,

Du biſt ein guter Mann! Ich hab'
die beiden

Euch treu von Kindesbeinen an ge=
pflegt,

Belehrt, ermahnt, ſie ſtets zu allem
Guten,

Wie ich nur konnte, beſtens ange=
leitet.

Demea.

Das ſtellt ſich dar! Und Manches
noch, zum Beiſpiel:

Beim Einkauf nichts veruntreu'n,
hübſche Dirnen

Zur Stelle ſchaffen, Gaſtgelage ſchon
Am hellen Tag gerüſtet haben —
dieß

Sind Dienste keines ordinären Men=
schen!

Syrus.

O allerliebſt!

Demea.

Dazu war er noch heute
Beim Kauf des Cithermädchens Hel=
fershelfer,
Er hat den Handel arrangirt: das
muß ihm
Zu Gute kommen, das giebt An=
ſpornung!
Und endlich: dieſer — will es!

Micio.

Willſt du's wirklich?

Aeschinus.

Ich wünſch' es.

Micio.

Nun, wenn du es willſt, dann
Syrus,
Tritt zu mir her! — Sei frei!

Syrus.

O ſchön! Euch allen
Bin ich zu Dank verpflichtet, und
dir, Demea,
Noch insbeſondre.

Demea.

Wünſche Glück.

Aeschinus.

Ich auch.

Syrus.

Bin überzeugt davon. — O möchte
dadurch
Die Freude ganz vollkommen wer=
den, daß
Ich Phrygia, meine Frau, mit mir
zugleich
In Freiheit ſäh'!

Demea.

Ein trefflich Weib!

Syrus.

Und heute
Hat ſie ja deinem Enkel, deſſen
Sohn,
Zuerſt die Bruſt gereicht!

Demea.

Nun wahrlich, dan
In vollem Ernſte, hat ſie das, ſo i
Kein Zweifel, ſie muß freigelaſſen
werden.

Micio.

Aus dieſem Grund?

Demea.

Aus dieſem! Und am Ende
Die Summe, die ſie werth iſt, nim
von mir!

Syrus.

O mögen alle Götter, Demea,
All' deine Wünſche ſtets erfüllen!

Micio.

Syrus,
Du kommſt heut hübſch voran!

Demea.

Sofern du nämlich
Noch weiter deine Pflicht thuſt, Micio,
Und dieſem etwas Wen'ges in die
Hand
An Baarem giebſt, wovon er leben
kann.
Er zahlt dir's bald zurück.

Micio.

Nicht Nagels groß!

Aeschinus.

Er iſt ein braver Burſch!

Syrus.

Ich zahl's zurück
Wahrhaftig! Gieb nur her!

Aeschinus.

Na, thu's doch

Micio.
Ich überlege mir's.

Demea.
Er wird's schon thun.

Syrus.
⌐ bester Mann!

Aeschinus.
O allerliebster Vater!

Micio.
⌐as ist das? Was hat so mit
Einemmal
Dein Wesen umgewandelt? Welche
Lust
Am Schenken? Was für eine plötz=
liche
Freigebigkeit ist dieses?

Demea.
Laß dir's sagen!
Ich wollte zeigen, wenn dich die
für freundlich
Und liebenswürdig halten, daß das
nicht
Auf wahres Thun, noch Recht und
Billigkeit
Sich gründet; nein, weil du den
Jaherrn machst,
Nachsichtig bist und spendest, Micio.
Nun also, wenn aus dem Grund,
Aeschinus,

Mein Wesen euch verhaßt ist, weil
ich nicht
So Alles unbesehn, ob recht, ob
unrecht,
Gutheiße: sei es d'rum! Verschleu=
dert, kauft,
Thut ganz was euch beliebt! Doch
wollt ihr lieber
Jemanden, der, was eurer Jugend
wegen
Ihr minder einseht, allzuheftig
wünscht,
Zu wenig überlegt, dieß tadl' und
beßre,
Und, am gelegnen Ort, willfährig
sei:
Seht mich — ich bin bereit dazu!

Aeschinus.
Dir, Vater,
Sei's ganz anheimgestellt! Du weißt
am besten,
Was noth thut. — Doch wie wird's
mit meinem Bruder?

Demea.
Nun ja, er mag sie haben! Doch
bei ihr
Muß er's bewenden lassen.

Micio.
Recht so! — Klatscht!